CHUCHOTE PAS TROP

Encres Noires

Collection dirigée par Maguy Albet

N°265, Eric Joël BEKALE, *Le mystère de Nguema. Nouvelles*, 2005.
N°264, Bathie Ngoye THIAM, *Nouvelles fantastiques sénégalaises*, 2005.
N°263, Marcel KEMADJOU NJANKE, *La chambre de Crayonne*, 2005.
N°262, Bathie NGOYE THIAM, *Le parricide*, 2005.
N°261, Guy V. AMOU, *Murmures du Mono*, 2005.
N° 260, Alexis ALLAH, *L'oeil du Marigot*, 2005.
N° 259, Sylvestre Simon SAMB, *Dièse à la clef*, 2005.
N° 258 Semaan KFOURY, *L'Egyptien blanc*, 2004.
N° 257 Emmanuel MATATEYOU, *Dans les couloirs du labyrinthe*, 2004.
N° 256 Yacoub Ould Mohamed KHATARI, *Les résignés*, 2004.
N°255 Dakoumi SIANGOU, *La République des chiens. Roman*, 2004.
N°254 Adama Coumba CISSE, *La grande mutation*. Roman, 2004.
N° 253 Armand Joseph KABORE, *Le pari de la nuit,* 2004.
N° 252 Babba NOUHOU, *Les trois cousines*, 2004.
N° 251 Calixte BANIAFOUNA, *Matalena ou La colombe endiablée*, 2004.
N° 250 Samba DIOP, *À Bandowé, les lueurs de l'aube*, 2004.
N° 249 Auguy MAKEY, *Brazza, capitale de la Force libre*, 2004.
N° 248 Christian MAMBOU, *La gazelle et les exciseuses*, 2004.
N° 247 Régine NGUINI DANG, *L'envers du décor*, 2004.
N° 246 Gideon PRINSLER OMOLU, *Deux Gorée, une île,* 2004.
N° 245 Abdoulaye Garmbo TAPO, *L'héritage empoisonné*, 2003.
N° 244 Justine MINTSA, *Un seul tournant Makôsu,* 2003.
N° 243 Jean ELOKA, *Iny*, 2003.
N° 242 Césaire GBAGUIDI, *Le rhume de la moralisation*, 2003.
N° 241 Daouda NDIAYE, *L'exil,* 2003.
N° 240 Richard M. KEUKO, *Une vie pour rien,* 2003.
N° 239 Benoît KONGBO, *Balenguidi,* 2003.
N° 238 Amadou DIAO NDIAYE, *Le diable est-il noir ou blanc ?,* 2003.
N°237 Georges NGAL, *Giambatista Viko ou Le viol du discours africain*, 2003.
N° 236 Marie-Ange SOMDAH, *Un soleil de plomb*, 2003.
N° 235 Justin Kpakpo AKUE, *John Tula, le magnifique*, 2003.
N° 234 Auguy MAKEY, *Tiroir 45*, 2003.
N° 233 Jean-Juste NGOMO, *Nouvelles d'ivoire et d'outre-tombe,* 2003.
N° 232 Nestor SIANHODE, *Embuscades*, 2003.
N° 231 Fidèle PAWINDBE ROUAMBA, *Pouvoir de plume*, 2003.
N° 230 J.Honoré WOUGLY, *Une vie de chien à SAMVILLE*, 2003.
N°229 Oumaou SANDARY ALBETI, *Agagar, ange ou démon ?,* 2002.
N°228 Adelaïde FASSINOU, *Toute une vie ne suffirait pas pour en parler*, 2002.

Frieda EKOTTO

CHUCHOTE PAS TROP

Roman

L'Harmattan
5-7, rue de l'École-Polytechnique ; 75005 Paris
FRANCE

L'Harmattan Hongrie
Könyvesbolt
Kossuth L. u. 14-16
1053 Budapest

Espace L'Harmattan Kinshasa
Fac..des Sc. Sociales, Pol. et
Adm. ; BP243, KIN XI
Université de Kinshasa – RDC

L'Harmattan Italia
Via Degli Artisti, 15
10124 Torino
ITALIE

L'Harmattan Burkina Faso
1200 logements villa 96
12B2260
Ouagadougou 12

www.librairieharmattan.com
Harmattan1@wanadoo.fr

ISBN : 2-7475-8990-0
EAN : 9782747589901

A ma sœur, Mirabelle Ekotto.

Affi ou la communion de corps

La mère d'Affi n'avait jamais connu ni l'histoire de sa propre mère ni celle de sa grand-mère, et cette ignorance poursuivra plus tard sa propre fille comme un signe indélébile d'un destin ténébreux et persistant.

Au village, on évoquait souvent la grand-mère et rarement la mère d'Affi. Celle-ci se murmurait des paroles dans la complicité profonde de la nuit. Toutes les odeurs qu'Affi et sa mère avaient sécrétées depuis le jour où le bon Dieu avait décidé de sa venue sur terre, et bien ces odeurs s'étaient incrustées sur cette natte que la mère d'Affi désirait qu'elle emporte comme un trésor. Plus encore : comme l'unique preuve et l'ultime souvenir de leur intimité...

***

Blottie dans les bras de sa mère, Affi, immobile et muette, rêvasse, écoutant à peine les sons diffus de ces vagues paroles que sa mère chuchote comme une prière :

"Quel astre m'illuminerait pour sauver ma perle, et la mettre à l'abri du temps? Aucune idée et d'ailleurs, ceci n'a point d'importance. Elle est bien dans mes bras et je veux qu'elle y reste à jamais."

À ce moment-là se révèle quelque chose d'inexplicable entre Affi et sa mère. La fille ressent soudain un frisson. Une force irrésistible lui fait relever la tête. Elle rapproche sa bouche, effleurant de son front le menton de sa mère. Leurs lèvres se touchent en un baiser d'une violence ininterrompue. La boucle en acier rouillé qui orne la lèvre inférieure de la mère s'ouvre et accroche la langue d'Affi. Un liquide tiède et salé dégouline de la bouche de la fille. La serrant de plus en plus dans ses bras, la mère poursuit son chuchotement :

"Mon sang et le tien se mélangent comme deux amoureuses qui signent le pacte de l'union, contrat charnel qui lie la vie à la mort. Tes petites mains, couvertes de henné, cherchent les miennes dans un geste d'amitié, de chaleur humaine entre deux corps.

"Fais apparaître ton ombre, afin que ton semblable s'y fige comme un timbre qui marque l'appartenance. Ton étoile fait partie du chaos, elle ne rayonne que dans les ténèbres silencieuses. Oh ma perle, que je t'aime. Je serai toujours avec toi. Tu verras, rien ne t'atteindra. "

Dans les bras de sa mère, Affi se sent protégée. Depuis, ce qu'elle connaît le mieux de sa mère, c'est l'odeur épicée de son corps au bord de l'ébullition. Les parfums flottent et se diluent avec l'humidité de la nuit. Cet arôme fait à jamais partie d'Affi. Certes, ceci lui donne l'illusion de nager encore dans le liquide amniotique de sa mère ; un peu comme une seconde naissance ! Dans la nuit noire où les bruits les plus étranges s'entremêlent, les oiseaux de malheur battent leurs ailes sous les feuillages, les bêtes sauvages pataugent dans la vase des marigots, et peut-être que les esprits des morts s'ennuient sous les tombes, dort-on vraiment ici ?

Affi ne raisonne plus. Tout échappe à son regard, même son propre corps. Seules les odeurs réveillent ses sens et l'enivrent. Ces moments d'intensité, de complicité entre la fille et la mère s'accomplissent dans une parfaite harmonie, comme si les choses étaient d'avance synchronisées par une volonté à laquelle les deux êtres ne pouvaient que se laisser dompter.

Affi pense souvent à tous ces rites, à toutes ces coutumes du village où les jeunes filles entassées dans une masure sans lumière attendent l'instant fatidique où elles s'ouvriraient à la vie. C'est un jour honorable pour les parents dociles et soumis aux traditions. Que peuvent ces gens-là ? Le poids de la tradition les terrasse. Ils ne sont plus que de pauvres âmes éblouies par les cadeaux de l'homme qui a ouvert leur fille à la vie. Cela les arrange souvent puisque certains d'entre eux sont obnubilés par l'idée de marier leurs enfants à des hommes riches qui disposent de leurs multiples épouses comme de leurs biens de la vie courante. Ages nubiles, seules dans cette nuit où le sang giclera en exfoliation, les lamelles de leurs hymens, aiguisées par la colère, aussi tranchantes qu'une lame, seront leurs seules armes de défense, protection nécessaire et utile à leurs corps contre toute autre violence physique. La discipline la plus ardue est pratiquée sur le corps de la jeune fille. Celui-ci se conjugue à tous les temps du silence. L'esprit, parfait médium entre le ciel et la terre, reste où il se trouve, perdu entre l'ignorance de parents vils. Ainsi, personne ne s'occupe vraiment de la survie de l'esprit, délaissé dans les ténèbres, loin de toute réalité. Seul le corps abusé matérialise la présence de l'objet vivant et mouvant.

***

"Écoute mes messages silencieux, symphonie de ma douceur. Limpidité de ma source, opacité des nuages. Musique évaporée de mes cendres aujourd'hui en éveil et attisées par le souvenir d'une

existence en feu. Oui, ma fille, attise-moi, mon arbre à couper du bois. Ravive-moi de l'étincelle, celle de l'éclat de belles journées ensoleillées. Mon étoile éclose, effeuillée avant d'avoir connu l'épanouissement. Comment pourrais-je te perdre quand tu es mon soleil, quand tes rayons réchauffent la peau de mon corps vieilli mais toujours au travail sur ce sentier pénible, symbole de mon devoir de femme dans le village. Le fard de tes yeux fond lentement et me demande de te rejoindre dans la douleur. Pardonne-moi de te prendre comme mon ultime alibi salvateur. Un jour, tu comprendras ce sourire si triste qui couvre mes lèvres de femme. Comment pourrais-je t'oublier, toi, ma seule consolation ? Ne pleure pas, tu n'as plus de larmes. Tes larmes, rappelle-toi, ont coulé en un immense océan bleuâtre où les corps des disparus et les squales se laissent bercer dans les vagues folles et enragées. Tu es née saine, devant les fétiches des femmes du village. Tu t'es lavée dans l'eau magique. Tu es hors de tout danger. Tu ne seras pas souillée, le malheur ni la souffrance ne t'atteindront".

***

Ici, l'existence de la mère et de la fille est l'objet de ragots. La mère d'Affi se sent observée, déshabillée et fouillée par le regard de la communauté. Elle devrait prendre une attitude convenable, entre l'humilité servile et la fierté déplacée, s'accommoder des bavardages des uns et des ragots des autres. Mais la mère d'Affi se moque de cette espèce de cabale. Sa complicité avec sa fille va croissant. Il ne se passe pas un jour sans que la mère voyage, avec sa fille, dans des contrées de non-retour où des îles entières s'ouvrent pour les accueillir. L'imagination seule garantit une telle transcendance et assure différentes façons de vivre la contradiction d'acquiescer à une autre forme de présence. Émue par les fruits de son rêve, la mère d'Affi se meut. Elle retourne sa natte, change de position afin de reposer son dos éreinté par le labeur quotidien. Elle demeure blottie ainsi, jusqu'au petit matin où les chants des coqs matinaux l'arrachent à un sommeil réparateur.

***

La mère d'Affi doit surmonter la double contradiction : son entourage et sa propre personne. Aller au-delà de la pensée, du silence, les dominer afin que naisse une autre forme de conception, peut-être, la seule vérité que la conscience soit capable d'enregistrer. La pensée, celle qui côtoie l'interdit, même si elle se veut brute et ingrate. Sangloter sur les ténèbres de son sort n'est que cause perdue. - elles sont les maximes - un désespoir qui ne craint plus rien. Rien du tout. Même pas la mort...

Dans cette catastrophe, un courage envahit la mère d'Affi et la guide sagement dans ses émotions. Pas un seul mot ne doit surgir. Le silence traverse toute relation. La mère n'a aucun droit de violer le secret. Elle ne peut pas dire à sa fille le sort qui l'attend. Ainsi, chuchoter des paroles devient un mécanisme ; l'une des ouvertures possibles à cette quête. Or chercher un moyen de transmettre le message à sa fille n'est pas, pour elle, une tâche facile. Dans ce village de *Fulani,* parler n'est pas toujours aisé. Les interdits sont nombreux.

***

La mère d'Affi est une femme, grande, on dirait sans âge, et d'une beauté qui a toujours désarçonné les hommes du pays de *Fulani.* Son pagne toujours bien noué autour des reins met en valeur un derrière dont les ondulations fermes et exagérées confortent peut-être à tort son goût pour le libertinage. On s'est souvent demandé comment elle avait résisté à la décrépitude que la plupart des femmes d'ici subissent après qu'elles ont donné naissance à un enfant. Il était impensable de croire qu'elle était mère. Sa peau n'accuse aucun relâchement. Ses jambes athlétiques gardent une finesse et une agilité de jeune fille. On la prendrait volontiers non pas pour la mère mais pour la grande sœur d'Affi. Elle porte un plateau en trapèze sur sa lèvre inférieure depuis l'âge de quinze ans avec un visage aux traits assez fins et toutes sortes de parures traditionnelles autour de son long cou. Ses seins, malgré le fait qu'elle a allaité Affi, sont acérés...

Dès sa naissance, Affi s'accoutuma à la salive de sa mère qui la léchait longuement à l'instar d'une bête sauvage et son petit. Sa langue, agile, douce et pointue répandait une salive dont le goût n'eut bientôt plus de secret pour la petite fille. La sensation de cette chair rose sur son corps mettait Affi dans un état de béatitude extrême. Elle ne pouvait pas plus avoir sommeil qu'après ce rituel qu'elle attendait avec jubilation. Même les yeux fermés, quand la langue de sa mère parcourait son corps fragile, Affi la ressentait, telle une frange de vague salée qui effleure la peau en y laissant une sensation indescriptible. Elle se tortillait langoureusement pendant chaque séance afin de montrer combien cette langue maternelle lui procurait une jouissance infinie...

***

La mère d'Affi est tout de même affectée par le regard des autres quant à ses rapports avec cette fille qui ne la quitte plus d'une semelle. Femmes, inséparables de l'obscurité dans ce coin du monde, enfantant dans la douleur. La mère pense souvent combien il est possible de se glisser dans le moule de la tradition sans toutefois la respecter. La complexité de la situation ne lui échappe plus. Pourquoi douter de ses ancêtres, de cette tradition ? Certes, il y a là un nœud, que la mère d'Affi peut défaire, si elle prend le temps de mettre son esprit au travail - seule la lumière de son esprit peut lui venir en aide dans le doute qui la hante à présent.

Tout autour d'elle se met en mouvement, quelque chose commence comme un nouveau chapitre. C'est dans sa tête que tout se met finalement au travail. Elle bouillonne à l'intérieur et elle se prépare à tout faire sauter. Prise dans ce tourbillon d'émotions, elle pense, d'un air amusé, à sa défunte mère qui vécut les mêmes événements avec résignation. La mère d'Affi doute de tout, d'elle-même et de tout ce que sa maman lui avait inculqué en l'habituant à ce bain de langue. Dans la tradition *Fulani,* la jeune fille est arrachée à sa mère dès sa naissance et aussitôt confiée au peuple pour son éducation traditionnelle. La coutume est sacrée et sage, mais au fond d'elle, elle proteste quand même. En effet, quand il s'agit de sa fille, sa perle, les enjeux changent, il est question de son sang. Il faut assurer la continuité de la tradition, de la même manière qu'on assure la survie du peuple dans le quotidien. Mais chez eux, qui est le peuple ? Les hommes en sont les représentants clés, les femmes et les enfants sont exclus. Secrètement, la mère d'Affi bénit sa fille, lui pose une étoile qui sera aussi l'étoile posée sur les filles que toute femme dans ce village enfante dans la double douleur. La mère, à partir de cet instant, n'existe plus. Sa mission accomplie, sa vie n'offre plus d'intérêt jusqu'à la prochaine délivrance. La mère d'Affi refuse de penser au moment où on la lui prendra, la sienne, cette enfant qu'elle a gardée au creux du ventre, fruit délicat de son corps...

Mot, après mot, l'histoire d'Affi reconstruit la genèse de celle de sa mère, celle de ses grands-mères, de toutes les femmes *Fulani* et ainsi de suite dans un corps de ballet ensanglanté. Peut-être que le moment de la faille dans la mémoire s'approche peu à peu de son irruption.

"Affi, mon soleil, surtout pendant ta captivité, ne sois pas distraite. L'enfermement est constant dans la vie, autant le reconnaître et s'interroger sur

la façon de composer avec celui qui se présente à soi. L'autre, c'est-à-dire autrui, est notre clôture de tout temps : il y a cette impossibilité de rester confinée en soi-même et toute la difficulté de faire face à cet autrui. Nous vivons dans la clôture de notre enveloppe et dans celle des autres, même la clôture du temps est lourde. Clôture, enfermement, captivité, emprise, que des mots qui expliquent le désespoir dans lequel on se retrouve dans ces nuits profondes où raisonne le silence. S'échapper, certainement, mais quelles sont les conditions de réussite de cette sortie ? Je te prie de rester calme et d'être obéissante, je ne veux pas qu'il t'arrive un malheur, mon soleil, tu es mon soleil. Si tu restes bien calme, aussi calme que la mer avant l'invasion des vagues, tu écouteras l'arrivée de ces vagues lointaines, celles qui t'apporteront la profondeur et l'inspiration pour survivre à cette indignation. Dans un espace clos, le temps se cultive. Tu sais, on dit que le soleil ne disparaît pas complètement, on sent qu'il nous quitte quand on grelotte de froid, mais il revient à l'improviste, nous ensoleille les pieds et nous réchauffe le cœur. Rappelle-toi, mon soleil, tu ne disparaîtras pas complètement. Je te lègue le levier qui te permettra de soulever des montagnes."

***

Affi fut ainsi baignée par la salive de sa mère jusqu'au soir de sa capture par les hommes de *Fulani*. Cette langue si douce traversait son corps comme une douche tiède et représentait une source de plénitude intarissable, un envol d'espoir, de douleur amère et sucrée. Le parfum suave qu'exhalait la salive de sa mère chatouillait agréablement l'odorat.

En guise d'adieu, ce soir-là, sa mère lui donna un bain assez long et plein de doux petits messages silencieux :

"Ne pleure pas Affi, petite fille sage, tu es née avec ta peau douce, ta peau brune, couleur d'ébène que le soleil ne peut plus brûler, que les épines ne peuvent plus piquer. Tu es née dans la campagne, sous la pluie, après une tempête violente. Tu n'as plus peur, tu ne dois plus pleurer..."

Toutes les deux couchées sur une grande natte brodée de feuilles de palmiers par la grand-mère d'Affi, l'une se tortillant, l'autre la langue pendante laissant glisser un fil de liquide gluant accompagné du chuchotement incessant, mélodie maternelle :

"Ne pleure pas Affi, petite fille sage, tu es née avec ta peau douce, ta peau brune, que le soleil ne peut plus brûler, que les épines ne peuvent plus

piquer, où le venin, même celui des serpents habiles, ne peut plus pénétrer. Tu es née dans la campagne, sous la pluie, après une tempête violente. Tu n'as pas peur, car elle n'existe pas, la vie, tu es vide et personne ne peut te figer, glisse, déborde, dépasse, traverse, pleure et tes larmes te feront disparaître dans ton propre océan".

Le boui-boui Garba

La nature dégage une saisissante beauté. Le soleil distille ses rayons éclatants sur le village. Chaque feuille, chaque brin d'herbe en reçoit sa part, les insectes et les vermisseaux s'y chauffent avec joie. Les rues du village bruissent sous le vent chaud qui accompagne les pousse-pousse remplis de marchandises. Les hommes aussi se délectent avidement de sa douce chaleur, mais ceux qui ont à faire un travail pénible ou à porter de lourds fardeaux soupirent sous les chaudes caresses de ce soleil tropical. Le village suit la cadence du soleil et chacun poursuit son bonhomme de chemin avec sa lenteur habituelle.

Ada, assise sous un manguier, observe les scènes quotidiennes autour d'elle. Ici, le désespoir s'exprime par le silence, les plus grandes souffrances se vivent sans le moindre mot. Ici, la volonté humaine est une illusion. Tout le monde sait que les choses se décident par la coutume. Le choix individuel ? Cela n'existe pas. Et Ada le sait bien, elle qui parfois est au bord de la crise. Sa vie est une succession de faits décidés par d'autres. Quand un chef de famille, tenté par l'appât de la dot, prend une décision, il n'y a plus à revenir en arrière. La dignité, c'est d'abord celle du père, celle de la famille…

Ada, toujours assise sous le manguier, observe avec attention les scènes de la vie quotidienne. Elle a faim, mais personne ne lui propose ne serait-ce qu'un morceau de manioc sec. Ada et ses frères sont des orphelins et ils doivent travailler sans répit avant de mériter le pain quotidien. Le village entier connaît leur sort. Les gens savent ce que veut dire pour Ada et d'autres enfants de se retrouver assis sous ce manguier.

Aux alentours de midi, Ada prend donc place au pied de l'arbre pour exprimer à la population sa faim. Ses frères sont plus réticents. Ada verse des larmes de désespoir et elle semble en vouloir au village *Fulani*. Espace où on ne voit rien, on n'entend rien et ne parle de rien. En réalité, Ada repense à toutes les tracasseries rencontrées dans la recherche du boui-boui Garba où se trouve enfermée Affi, la fille de Siliki. Elle éprouve une grande tristesse, mais songe à cette aventure. Elle pense que les villageois ne parlent pas de cette aventure, de peur de dévoiler des secrets qui compromettraient beaucoup d'habitants y compris des personnages de premier plan.

***

Nous nous sommes enfin retrouvées dans le boui-boui Garba sans l'aide de personne. Il faut, pour y pénétrer, obtenir l'autorisation de la gardienne. Elle nous ouvre la porte. Ada, suivie de ses frères et d'autres personnes venues de loin, pénètrent avec un peu d'appréhension.

Au premier abord, nous apercevons, dissimulée derrière des cloisons, une suite de lits qui donne l'impression que nous sommes dans un hôpital. Affi et ses camarades, ayant appris la présence des étrangers, se retirent dans leurs lits. Mais la gardienne intervient pour les rassurer. Un peu réticentes, elles reviennent les unes après les autres. Elles sont au nombre de cinq et chacune se tient debout devant son lit. Elles portent juste un bout de pagne autour des reins, le corps badigeonné d'argile. Elles ont bonne mine, ne paraissent pas souffrir de leur captivité.

Affi a à peine douze ans. Son père a décidé de la marier à Garba, l'homme le plus riche du village. Les quatre autres camarades du boui-boui ont à peu près le même âge qu'Affi.

Ada regarde l'une des jeunes filles droit dans les yeux. Son visage est fin avec un petit nez plat. Elle se laisse aller au charme de ce visage auréolé d'une candeur désormais captive de ce boui-boui. Affi semble à son tour percevoir ce sentiment, cette inclination spontanée d'Ada. Il faut qu'elle fasse quelque chose, se dit Ada. Ada veut parler à Affi, la toucher. Leurs regards se cherchent, se croisent et communient. Ada découvre dans les yeux de cette jeune fille une porte grande ouverte, tout un monde à explorer. Affi, sereine, semble être la plus âgée de la bande. Ada repense inévitablement à la mère d'Affi. Les rumeurs, elle les avait aussi entendues. Ce qui s'était raconté au village au sujet de la mère et de la fille la rassure plutôt. Affi regarde Ada longuement encore une fois avant de disparaître...

Toutes les femmes de *Fulani* sont enfermées comme elles pendant des années dans l'obscurité ; chacune dispose d'un compartiment délimité par des cloisons et par la grandeur de la natte qui l'occupe. Elles y ont juste la place pour s'étendre ou s'asseoir. Elles sont nourries, ne sortent que quelques minutes avant l'aube pour faire leur toilette. On les prépare ainsi au mariage, jardins garnis de toute famille désespérément confuse par l'acquisition des biens.

Au loin s'étend une succession de montagnes et de collines vertes. La route, piste large où l'on circule en automobile, est bordée de haies vives : piquets devenus de vrais arbres, reliés par des bambous ou des roseaux.

Longtemps, mon regard fixe ce paysage si familier et si troublant. Que signifie donc tout cela dans ma petite imagination débordante ? Le temps efface tout. Le temps me hante. J'ai l'impression que le temps fuit avec moi. Tout est présent, dans mon esprit et pourtant Siliki, dans ce présent n'est plus que du passé et son apparition dans le futur nécessite et mérite un effort de réflexion. Cette impression d'absence est tellement forte. On la ressent au plus profond de soi. Tout se passe comme si le présent restait figé, que Siliki posait son tendre regard sur Ada, qu'un oiseau perdu retrouvait son nid, que la mort restait si proche d'elle qu'elle était là, présente, tout près.

Troublée par ces images qui défilent rapidement sous ses yeux, Ada s'astreint à un vigoureux effort de réflexion sur ce rituel. Elle pose quelques questions sans importance à la gardienne. Cette gardienne porte sur elle des rides de douleur, mais qu'elle cache sous une arrogance qui fait peur. Elle parle la tête haute tout en mâchant la *kola*. « La curiosité est une belle vertu, mais il ne faut pas en abuser. Les visites comme celle-ci sont rares et si précieuses qu'il faut une occasion spéciale, peut-être une demande exceptionnelle. Les anthropologues et d'autres chercheurs viennent de temps en temps, mais ce n'est ni un centre de recherche ni un site touristique. Ce boui-boui fait partie intégrante de notre culture. C'est comme une institution qui permet le bon fonctionnement de notre village. L'obscurité de la chose y rajoute un charme certain qu'il faut respecter, malgré soi. Notre boui-boui accueille des perles de la région et les visites comme la vôtre laissent des traces de toutes sortes : des échos, des cris, surtout des marques. »

Abruptement, la gardienne grince des dents, crache les restes de sa *kola* et rétorque avec violence. « Vous n'êtes ni la première ni la dernière à s'apitoyer sur le sort de ces jeunes filles. Ce n'est qu'une question d'homme et de son honneur, peut-être difficile à comprendre, mais faut-il chercher à comprendre ce qui est absurde ? Mon conseil serait de disparaître avec ces images. Vos traces sont aisément décelables, abstenez-vous de toutes tentatives mystérieuses. Inutile de vous dire des choses évidentes, en somme, on laisse toujours des traces. À bon entendeur, salut ! »

Sur ces paroles, la gardienne referme si brusquement la porte que la surprise du bruit fit sursauter Ada tout en lui laissant la chair de poule le long du corps. Ada reste là seule un moment sans bouger, plantée sur place comme un arbre épuisé, mais refusant de tomber, de quitter le monde de la forêt. Avec le même goût tellement amer dans la bouche que ces nuits blanches où des désirs fugaces vous dégoûtent de trop d'alcool, Ada sort de la concession de ce boui-boui le cœur lesté de plomb.

Dans son effacement, son invisibilité, l'ombre d'Affi a quand même remarqué le regard triste sur le visage d'Ada. Cette tristesse est commune. Le silence les unit. Ce silence qui touche le fond de tous les abîmes, le gouffre de l'amère angoisse. La peur renforçait leurs énergies internes. Nos discours émanaient du silence. N'est-ce pas que le mutisme reste une forme de résistance utile, bien qu'humiliante ? Il y en a qui ont le droit à la parole et d'autres le droit au silence. Ma vie n'est que l'interminable série de cris étouffés qui brouillent tous mes souvenirs sur des pistes sombres et entortillées. Surmonter ce vertige serait le nommer sous toutes les formes inimaginables, mais en même temps imaginables. Inlassablement, je m'accroche à ces cris avec l'espoir qu'ils percent la couche imperceptible qui glisserait à travers les craquements de l'indicible. Le silence qui pèse au plus profond d'un être reste une dignité, celle-là même qui nous fait frémir, qui nous exile dans nos propres sensations. Cette découverte de sensations étranges rend Affi si heureuse que son cœur sourit, car jamais elle ne sourit, ni ne parle, ni n'exprime aucune sensation physique, tout est concentré au-dedans, dans le creux des émotions intérieures. Sa blessure à elle reste une blessure au cœur et toutes les blessures du cœur sont invisibles. Ce bonheur la projette dans les bras de sa mère comme autrefois, mais il y avait là, au fond, une forte nostalgie. Toutes sortes de douces et tendres images apparaissent bientôt dans son regard. L'émotion est si forte pour Affi qu'elle sent la confusion du réel et de l'imaginaire, moment doublement pénible. Tranquillement, dans une allure de ralenti, Affi s'enveloppe secrètement de ces moments de jouissance dans les bras de sa maman, réconfort de survie. Un bain. Un baiser. Une histoire racontée pour remonter le moral. Malgré tout ceci, Affi sait que sa réalité se trouve dans les abîmes de l'existence de son village et sa maman est si loin. Elle n'est plus que souvenirs.

Désormais, dans le reflet d'un reflet, vacillent deux femmes dans la vie d'Affi, dans son jardin secret où les fruits mûrissent sur le tronc de l'arbre d'amour. Son jardin toujours ensoleillé laisse traverser un fil d'une lumière dorée sur des êtres dotés d'une sagesse exceptionnelle. Sa mère lui a donné tous les plus beaux cadeaux du monde, des secrets, qu'elle va partager avec une autre femme. Cette Ada vient peut-être de son jardin. Une inconnue qui vient de s'infiltrer dans son cœur ; sans la connaître, elle a cette vive conviction qu'Ada est proche, malgré son absence ; rêver de cet absolu désir, du beau fruit de passion pour son avenir semble aussi bizarre que tout cet enfermement. Suite à ses rêveries, Affi laisse couler une petite larme tiède qui glisse sur sa joue comme une tache d'encre qui, peut-être, ferait apparaître une marque ressemblant à une grande balafre sur la joue, signe de beauté mais aussi de douleur qu'une tradition vous fait subir : timbre qui marque la différence. La cicatrice ressort toujours, même dans l'imaginaire. Quand elle apparaît sur le visage, aussi visible qu'un rayon d'émeraude empierré dans un jeu de miroir sans issue, la cicatrice porte ainsi le signe d'une singularité exemplaire. L'invisibilité de la cicatrice frappe douloureusement quand elle surgit. Ces caractéristiques éclatent dans tous les sens : son goût est saumâtre, son odeur, composée de toutes sortes de parfums désagréables, rend la respiration difficile, son réveil s'accompagne de cette mélodie impossible qui casse le tympan, nul ne doute de combien l'aiguisement de son couteau noue les entrailles et arrache le cœur dans les harassements de douleurs interminables. D'ailleurs, "le pied mordu par un serpent en garde toujours la marque" selon ce sage dicton populaire. La complexité du regard qui nous a rattachées, nous a aussi séparées, nous a fait peur, alors, nous nous sommes regardées comme deux étrangères qui se perdent dans les bras l'une de l'autre, se retrouvant par un parfum unique, cette salive induite par sa mère, secret de l'amitié, signe de voyage impossible.

Le soleil brille sur des figures perçues sous la somme de poussière jaillissante de vieilles voitures qui encombrent les routes. Il fait très chaud. Une chaleur brûlante, insupportable pour toute cette longue marche qu'Ada entreprend. Ada transpire tellement que sa jupe en nylon plissée transparente montre toutes ses rondeurs intimes. Sa culotte rose à fines rayures noires absorbe toute la sueur au point où le coton s'étend en laissant échapper ses fesses bien charnues. Elle a envie de s'arrêter pour essorer sa culotte mouillée par la sueur. Elle ne supporte plus de devoir sans cesse relever sa jupe pour s'aérer. Quelle humiliation ! pense-t-elle. Mais être en vie signifie tout simplement être humiliée. Vivre est une humiliation. Elle s'arrête un peu, soulève sa jupe pour faire sécher sa culotte sur une grosse pierre qu'elle repère au bord du chemin. Elle s'assoit là les jambes ouvertes et son corps profite de sécher aussi. Toute sa belle petite forêt transpire et ce n'est point désagréable. Avec une culotte sèche, elle peut continuer son chemin avec aisance.

***

Son premier regard fut pour ces montagnes au loin, un long regard plein de réflexion où se dessine une longue lutte. La peur envahit Ada. Jusque-là, il s'agit d'un malaise interne, mais elle sent qu'il se transforme en des sensations violentes qui lui remontent jusqu'à la gorge au point qu'elle a envie de crier, hurler sa colère, son humiliation. Se laisser mourir pour ne plus souffrir, ne plus subir la bêtise de l'humanité. Ah! Quelle horreur de souffrir tant et ne rien sentir physiquement. Nostalgie et beaucoup de tristesse, tout un mélange d'émotions qu'elle ressent à la fois. Ada a l'impression que son corps l'a quittée, que le poids de son corps l'entraîne dans l'infini. Ada quitte les alentours du boui-boui en courant sans attendre ni ses frères ni les autres visiteurs venus des pays lointains. Du fond de l'oubli, elle s'éveille gracieusement comme un serpent longtemps endormi dans les ténèbres de l'angoisse. Elle veut fuir l'enfer qu'elle vient de vivre. Il faut rapidement explorer ses limites, sortir de l'agonie nostalgique des événements qui tranchent la vie des femmes. Dans cette vague lenteur des événements, elle se laisse bercer dans les brumes du passé, effet de la mémoire qui se laisse déchoir avec le temps. Soudain, elle pense aux paroles de la gardienne du boui-boui et le mot "trace" reste incrusté dans sa mémoire. S'agit-il des traces historiques ou tout simplement des traces qui restent suite à chaque visite du boui-boui, des traces, traces, traces ? Ce mot contient quelques syllabes. En fait on peut écrire les traces et montrer comment la lettre "a" ne compte pas. Elle se trouve au milieu du mot. On peut prononcer le mot "trace" rapidement en insistant sur la première syllabe ou simplement mettre l'accent sur la dernière syllabe, qui sonne comme un bruit de coup de hache. Le son de la prononciation est le glas de l'histoire. Ces traces dont parle la gardienne du boui-boui doivent pouvoir conduire à quelques pistes utiles dans ce village paisible à la fois cruel et agréable où les gens sont polis et très doux. Dans toute cette atmosphère mystique règne la douleur, douleur qui se reflète à travers les cheveux sel et poivre des vieillards. Le silence qui règne dans ce coin fait peur et trouble son propre silence. Rien que des voitures passent à toute vitesse sur la route nationale. Ada reste immobile pendant de longues heures. Elle est surprise d'apercevoir une ombre au loin. Une femme apparaît sur la route, nue, musclée, son corps bien cambré laisse paraître les formes d'une guitare classique, sa démarche semble souple et gracieuse. Sur sa tête est posée une corbeille de patates, certainement la nourriture de la journée qu'elle rapporte du champ ; la hache, le coupe-coupe, le racloir, sont posés sur les patates. À l'approche d'Ada, elle gravit rapidement l'échelle de la haie et disparaît. Encore une de ces femmes qui s'efface de son existence. Pire que ces crevettes qui vous glissent des doigts, cette femme s'évapore sous le regard d'Ada. Elle a juste aperçu la silhouette de ses seins pointus en forme d'aiguilles. Et la main d'Ada se soulève dans un élan d'adieu triste.

***

Ada lève les yeux sur un ciel immense et bleuâtre tout en grimaçant, tellement les rayons de soleil l'aveuglent. Le soleil au zénith inonde tout d'une lumière éclatante et uniforme. Pays magnifique, peuple vivant d'une vie intense et mystérieuse. Vie rude que celle de ces *Fulani,* ceux de la montagne, appellation méprisante dont se servent les villages voisins. Population de cultivateurs de terre trop dense, qui doit lutter avec la nature pour vivre. Corps plus maigres, les reins ceints d'un pauvre pagne en lambeaux, le torse couvert de sueur, souvent la jambe déformée par une plaie non soignée ou mal guérie. Ils marchent vite, les genoux légèrement fléchis comme des porteurs trop chargés ; sur la tête, de longues corbeilles, les unes pleines de volailles, de patates, d'ignames, les autres remplies de toutes sortes de calebasses d'huile et de vin de palme. Où vont ces hommes ? Et ces femmes toutes nues, aux belles fesses fermes et bien arrondies qu'elles secouent sous un bout de pagne, dans un pas ralenti au rythme des tam-tams sur des sentiers ensoleillés. Femmes, Ada vous cherche. Femmes, où êtes-vous ? Sortez pour rencontrer Ada qui aime vous regarder vous balancer lentement au rythme d'une musique inaudible à laquelle seul le corps donne un sens. Ada aime plus encore l'émotion qu'elle éprouve quand apparaît l'une de ces femmes sur son chemin.

***

Épuisée par toutes sortes de réflexions, Ada perd toute notion de temps et d'espace. La nuit la berce dans ses malheurs et elle ne se réveille même pas pour écouter gronder l'orage. La fatigue et le découragement s'enlacent dans son cœur désespéré quand elle se réveille le lendemain.

Tout, autour d'elle, lui semble beau et grand. Le ciel est beau et lumineux. Jour de prédilection, pour les superstitieux, l'orage s'abat sur le village *Fulani,* l'eau balaye les routes, inonde les cours, c'est le grand nettoyage, le tonnerre gronde, les éclairs déchirent le ciel, les enfants apeurés se blottissent au fond des cases, cette nuit la température a chuté de 10 degrés. Il n'a pas plu depuis deux ans. Le jour se lève sur une note nouvelle, les nuages courent sur un horizon enflammé, le village est fébrile, bavard, la campagne semble sortir d'une douce et longue léthargie.

La clémence des cieux vient de donner le signal à une activité nouvelle et chacun a pris conscience que quelque chose d'essentiel vient de se produire et qu'il serait vain de l'ignorer. L'atmosphère est pleine d'allégresse, la sueur dégouline des visages ; des rires, des cris se répercutent dans la plaine ; les femmes, de leur démarche chaloupée, apportent rafraîchissements et paroles réconfortantes aux hommes qui débarbouillent les sentiers et les entrées des cases encombrées de toutes sortes de déchets. À la nuit tombante, harassés, courbaturés, mais heureux du devoir accompli, ils s'endorment bien vite. Ce vaste élan de solidarité unissant paysans et paysannes est symbole de paix dans leurs âmes. Ada a une pensée pour sa propre mère et sa grand-mère. Elle se demande si elles ont toutes les deux connu cette atmosphère montagnarde où la lenteur de la vie repose l'âme. Vivre est lourd dans ces montagnes !

toutes, piquées, les cornes, c'est le grand nettoyage, le tonnerre gronde, les éclairs déchirent [illegible]

Ada et Siliki

Les fées de la mémoire d'Ada commencent par la hanter comme un feu brûlant la forêt vierge. Longtemps, elle observe le village et les habitants, la vie y est tranquille et toute cette atmosphère lui fait vraiment peur car elle souhaite attraper le destin de ce village avec toutes ses forces. Mais une force l'en empêche. À cet instant, l'affreuse cruauté de sa vie se présente à elle. Éclat pour éclat, et devant le retour de tant de misères si savamment dissimulées, comment ne pas se tourner vers le miroir de sa propre pensée ? Ada revient en arrière dans sa vie pour y fouiller dans ses souvenirs, les raisons de ses douleurs, ce qui la fait avancer aveuglément dans le tourbillon des cendres éparpillées.

Orpheline de mère, Ada a grandi avec ses frères et d'autres enfants de la grande cour qui occupe presque toute l'entrée du village. Elle ne connaît pas son père, puisque toute personne d'un certain âge et de sexe masculin se nomme Baba. Les antennes du village lui annoncent souvent des bribes d'informations décousues sur son Baba biologique, en gros un homme exaspéré par toutes ses femmes et ses enfants. Sans vraiment connaître l'histoire de sa mère, les gens du village se plaisent à souiller son nom. Personne ne connaît la vraie histoire de la mère d'Ada, sauf Siliki, la vieille sorcière sans jambes qui vit dans une hutte qui se trouve au bord du marigot. Tout l'espace qu'elle occupe alimente le mystère, sa personne, sa hutte, le marigot. Chaque saison, quelqu'un disparaît dans ce marigot. Chaque disparition représente un conte nouveau qui rentre dans le répertoire de la légende, leçon utile pour toutes les générations à suivre dans le village de son Baba. Elle ne le considère pas comme un vrai Baba, c'est-à-dire son Baba biologique, elle se sent étrangère à toute cette histoire. Simple hasard qu'elle soit la fille de ce Baba-là. Malheureusement l'accident de naissance est justement le lot humain.

***

L'histoire de la vie de Siliki est contée, racontée, elle prend toutes les fois de nouveaux moments de suspense, qui prennent des tournures amusantes, à la fois terrifiantes et très irritantes. Plus elle entend parler de cette femme, plus sa passion pour elle grandit. Elle s'intéresse à elle et elle n'a qu'une envie, celle de s'introduire dans son réduit. Son corps dégoûtant l'attire comme une fleur qui attire une abeille. Son histoire immonde l'intéresse aussi car elle ressent une forte passion pour la soi-disant anomalie de cette femme. Le monde de l'innommable attire plus Ada. Elle se sent particulière et déplacée dans la cour de ce Baba. Ce que les autres trouvent mauvais, elle le trouve bien et c'est précisément ce qu'Ada aime avec passion. Par exemple, le fait d'aimer ses semblables dégoûte tout son entourage. Ceci est vraiment insupportable pour tous.

***

Une douleur lancinante me serre la gorge toutes les fois que la ronde se réjouit autour d'un feu pour conter les histoires sur Siliki. Cette créature représente l'abject, un corps sans jambes. Ada se veut sourde d'une oreille si bien qu'elle a pris l'habitude d'écouter que de l'autre. Pour le village, les histoires sur Siliki se répètent sous toutes les formes. Chaque soir, il faut rajouter des éléments encore inconnus des histoires d'avant. Avec les histoires sur Siliki, les jeunes deviennent de bons orateurs. Ils se mesurent les uns aux autres. La personne qui réussit à faire rire le plus reçoit toutes sortes de louanges des jours durant. Siliki capte l'imagination du village.

Un soir, Ada s'entend crier comme une bête sauvage, tellement le dégoût atteint la perfection, c'est-à-dire ce moment où l'on s'oublie dans la rage et son abîme. Ce jour-là, elle décide de donner sa propre version de l'histoire de la vieille sorcière sans jambes. De toutes les manières, elle doit conter sa propre histoire y compris celles des femmes sans voix, condamnées au mutisme. Chez les *Fulani,* les femmes écoutent toujours des histoires sur d'autres femmes sans jamais contester. Et les histoires de la vieille sorcière Siliki sont connues de toutes. Aucune femme n'ose donner une version de la vieille sorcière sans jambes. La possibilité de s'oublier dans l'humiliation s'envole sous un nuage de pensées tristes pour Ada. Elle n'a plus accès qu'à la mélancolie et à la beauté des jours ensoleillés. Ce handicap longtemps couvé voit son absurdité in extremis. Mais la peur au fond d'elle est grande car le mythe Siliki produit des effets attendus sur le village et ses habitants. Personne ne s'aventure seul autour du domaine privé de celle que tout le village rejette à cause de son handicap, de sa puanteur, de sa sorcellerie, de sa solitude.

Les femmes de la cour du Baba d'Ada ne la nourrissent que si elle travaille des heures durant et quand elle refuse, elle meurt de faim. De temps en temps, elle mange des mangues vertes avec du sel si bien qu'elle a souvent mal à l'estomac. Elle est bien fatiguée ce jour-là, épuisée par la chaleur et de longues heures de corvées ménagères, les cris de la foule sur la place du village attirent son attention. Tout le monde court de partout, les mères affolées cherchent leurs enfants, les hommes craintifs murmurent des paroles de menace. Le fantôme lumineux s'aventure dans le village, enfin, la sorcière sort de son abîme. Le sentiment d'inquiétude éprouvé en présence de Siliki paralyse les jambes d'Ada pendant quelques minutes. La panique du moment la pousse dans ses bras. Siliki et elle sont transportées par son poids, leurs corps se renversent en un gros bruit de masse qui rassemble la foule étonnée, peureuse, mais que la curiosité incite à la jouissance de l'exhibition méticuleuse de l'interdit, la sorcière sans jambes collée comme une larve sur le corps de celle qu'on n'ose nommer, cette enfant immonde. Elle est aussi vile que cette sorcière. Les villageois, pour signifier leur colère, désignent Ada par toutes sortes de noms sauf celui que sa mère lui a donné et qu'elle aime énormément : Ada. Heureusement que ses frères sont là pour se rappeler ce nom. Ada, naturellement handicapée par la réputation de sa mère, porte l'étiquette du péché que sa douce maman a commis chez les *Mafa*, ancêtres impitoyables.

Les *Mafa* respectent la loi ancestrale au pied de la lettre. Un peuple vivant dans les montagnes avec des traditions qu'il ne faut surtout pas questionner. Voilà que ce jour-là, à ce moment précis, le mot *Mafa* effleure les lèvres d'Ada.

Devant cette scène curieuse et toute sa péripétie, augmentent la haine, le dégoût, la malédiction. Le village se mobilise en une foule immobile, faut-il fêter ou pleurer cet événement ? La confusion règne dans le village. Ada incarne le dégoût comme Siliki. Malgré tout, la peur règne dans les cœurs des villageois. Irritée, gênée, la foule se défoule collectivement, elle goûte finalement avec plaisir à ce spectacle longtemps attendu. Le scandale s'offre à eux comme du vin gratuit. Maudite, chacun attend le jour de la disparition d'Ada et voilà que ce jour s'est finalement présenté. De toute façon, étant donné que la question du mariage est automatiquement exclue de sa liste de toutes les différentes possibilités que la condition humaine offre, Ada se sent fuir. Comme une vapeur qui disparaît au loin, Ada s'enfuit. Tout le village se retrouve là. Ada souhaite que les villageois disparaissent dans leurs cases tristes que le soleil n'illumine jamais. Ada refuse de partager cet acte avec eux. Elle veut l'assumer seule.

Ada n'a jamais vu une personne sans jambes de sa vie. Siliki, de tout son torse gras, écrabouille son petit corps perdu sous la masse de haillons qu'elle porte ce jour-là. Malgré le poids du buste de Siliki, Ada se sent bien, enfermée dans le corps d'une inconnue. Tous les cris mélangés aux insultes des villageois lui parviennent sous une mélodie fraîche d'un printemps fleuri et parfumé. L'odeur infecte des haillons que porte Siliki provoque une nausée qui ne tarde pas à faire vomir Ada. Les mangues vertes que son estomac a tant de peine à digérer ce jour-là ressortent toutes. Vomir la délivre de sa souffrance des crampes d'estomac que la gourmandise lui inflige assez souvent. Pour Ada, il faut bien qu'elle se nourrisse de quelque aliment que ce soit. Tranquillement pour se consoler de ce mélange d'émotions, elle se met à pleurer. Le pire, c'est la chaleur. Soudain, un morceau d'étoffe m'effleure la bouche où les restes de vomissures se battent pour en sortir. Quelle douceur! Quelle sensibilité ! Les bras velus de Siliki entourent le petit corps frêle d'Ada dans un mouvement brusque qui le projette sur ses épaules. Cette fois, les cris se mêlent aux cailloux et autres objets dangereux que le dos, la tête d'Ada reçoivent. Sous des chocs brutaux venant de toute part, Siliki fait signe à Ada, en lui donnant des coups sur la tête, d'avancer plus vite. Siliki enveloppe Ada dans tous ses haillons puants. Elle est heureuse, Ada, car personne ne s'occupe jamais d'elle. Ses frères sont là pour elle, mais ce n'est pas pareil. Cette fois, une femme lui donne ses bras et sa douceur. Ada, ce jour-là, a l'impression de commettre la plus grande folie de son existence. Ada a la vue cachée par les haillons de Siliki. Elle entend des grands cris exprimant le scandale, la peur, le mépris et la fuite. Sa nudité repousse la foule, une sorte de culpabilité générale s'impose à la vue de son handicap. D'habitude, elle traîne à la vitesse d'une tortue. Une larme se glisse sur la joue d'Ada. À pas de tortue, Siliki avance tranquillement. Le corps d'Ada forme la carapace d'une tortue, si bien qu'elle sent son corps incarné par l'animal en question. Elles traversent tout le village comme un de ces terribles cyclones qui ne laissent derrière eux que des ruines ; il semble que toute la force de la collectivité s'est effondrée avec la présence de Siliki. Le silence qui s'impose au passage de Siliki est un silence qui en dit long. Le malaise que la collectivité villageoise éprouve devant le corps de Siliki est un malaise contagieux qui leur pénètre le corps dessus-dessous, on ressent ce malaise d'impuissance résignée. Comme Siliki et Ada, ils sont tous handicapés quelque part, leurs corps sont abjects, mais ils ne le savent pas. Certes, chez Siliki, l'évidence du handicap physique est un fait. Mais chez tous les villageois présents, il s'agit bien d'un autre type de handicap, l'impuissance face aux multiples événements qui régissent leurs vies. De toute façon, Ada souffre du même handicap, le silence. En commençant par le langage même qui est complètement hostile à Ada. Souvent, elle veut parler, mais les mots ne sortent pas. Cette impuissance de ne pouvoir communiquer son for intérieur, l'improbabilité devant le mot du moment et les angoisses devant son propre doute ne sont là que pour exprimer ce handicap chez Ada. La relation avec les autres peut se représenter comme dans un compte bancaire entre les débits et les crédits, le compte n'est jamais stable. Au village, les gens sont sûrs d'eux-mêmes. Ils font souffrir sans se rendre compte du mal causé. La cour du Baba d'Ada est un lieu de souffrance, de grandes douleurs. Le refus face à soi-même et bien d'autres éléments englobent la terminologie du mot handicap dans cette cour. Les femmes de la cour du Baba d'Ada savent comment jouer. Elles se dépouillent très rapidement de leur handicap en le projetant chez l'autre. Ada est leur souffre-douleur. Malgré tout, Ada sait au fond d'elle que tout le village n'est qu'êtres abjects, immondes, souillés par la vie même! Ada pense à ces femmes et sourit dans l'intimité de son mal. Maintenant, elle est loin de tout.

Elle n'est plus que fumée. Que c'est poignant ! Mais Siliki s'éloigne du village avec Ada sur ses épaules.

***

Ada très étonnée de retrouver le calme et un espace privé, l'absence de tant de personnes lui rappelle encore la cour de son Baba. Souvent, elle rêve à ces moments de paix, moments inaccessibles, mais bien présents dans sa condition future. Une fois assise sur la peau d'un léopard qui, selon Siliki, a dévoré plusieurs animaux, Siliki remercie Ada et lui dit : « Le chemin est court qui unit les amies. » Sa finesse, sa douceur, son extrême courtoisie sont remarquables, mais, pour les gens du village, elle demeure la folle, la sorcière sans jambes avec son parfum aux odeurs suffocantes. L'apparence physique de Siliki est franchement répugnante, heureusement qu'elle est aimable et tous les jours avec elle sont des jours de bonheur, d'espoir retrouvé. La vitesse à laquelle leur relation se transforme n'inquiète point Ada. Elle est habituée aux cris d'enfants, mais aussi aux cris des adultes longuement frustrés par le quotidien. Le village est bruyant. Personne ne parle vraiment à personne, mais chacun hurle en signe de protestation. Le calme ne revient que la nuit car le village dort. Mais la nuit profonde signifie un autre drame dans la cour du Baba d'Ada. Il y a un semblant de paix quand son Baba n'est pas là, car son passage chez la femme de service est souvent accompagné de longs cris qui s'envolent dans le silence de la nuit.

Avec Siliki, le silence signifie sa grandeur d'esprit. La parole est limitée chez nous, mais nos moments de communication furent profondément intenses. La voix est un acte d'agressivité qui transforme Siliki en une vieille feuille toute sèche, moite et puante. Ada veut vraiment découvrir cette Siliki. Elle est une fuyante. Pour connaître cette femme, il faut presque casser toutes les barrières, se dit Ada. Siliki la comble tant. Elle sait la faire rire, ce qui est rare chez Ada. Elle est une personne triste, silencieuse, seul son regard communique sa douleur. Siliki comprend comment lui faire oublier l'angoisse des matins humides. Ada veut sans cesse parler, poser des questions. Elle semble assez agitée et elle se sent éparpillée dans tous les sens, tellement elle se sent bien. Connaître l'autre est une expérience incroyablement difficile, même quand on communique aisément. Mais dans le mutisme total, c'est encore pire, c'est comme un immense puzzle défait et qu'il faut refaire face à un enfant impatient qui vous agace. Le silence autour du réduit de Siliki enveloppe Ada dans une mélancolie complète. L'énigme de son existence difficile et irrésolue la transforme à la fois en une personne très mélancolique, dont la mélancolie libère de toute angoisse et repose dans une bulle à fleurs violettes. Ada est bien à côté de cette femme, Siliki, la sorcière sans jambes. Ada plane dans les délices de la jouissance. Siliki aussi !

***

Avec le silence qui domine aux alentours, il est possible de distinguer le bavardage de la forêt. Entre les chants des oiseaux et autres insectes de la région, entre les cris des bêtes et le bruit du vent qui fait chanter les feuilles, on distingue les sons. Alors Siliki me demande d'écouter : « Ada écoute le serpent siffleur, c'est joli, n'est-ce pas ? » Recroquevillée dans sa douleur, Ada a un peu d'espoir. L'espoir rejaillit par moments, un peu comme des courts-circuits qui se produisent dans une nuit orageuse où les éclairs traversant le ciel surprennent un coup d'œil. Pour Ada, il est impossible de se sentir heureuse pendant très longtemps, le bonheur l'envahit tout d'un coup et disparaît aussi vite qu'un éclair.

Elle pense souvent à ses frères et au village. Peut-être viendront-ils guetter son visage, ces deux frères, ceux qui la protègent des méchantes femmes de Baba. Non, ils ne peuvent pas sombrer dans la tristesse, ils l'encouragent souvent à s'enfuir. Elle se demande s'ils sont finalement contents de sa fuite. Ils doivent peut-être sentir cette sécurité que le réduit de Siliki offre. Une chose est certaine, personne ne s'en approche, le réduit de Siliki est mystère. Les frères d'Ada sont tout simplement contents qu'elle ait finalement réussi à quitter cet endroit infect. La cour de son Baba est un endroit maudit. Quelles que soient leurs pensées, Ada sait dans son cœur qu'ils sont et seront toujours avec elle. Ses frères, prisonniers de son Baba, maître de sa cour, où il transforme toutes les autres personnes en esclaves. Tout le monde travaille pour lui et pour ses champs. Son commerce de cacao le rend maître de tous. Comme tous les maîtres de ce monde, le Baba d'Ada est souvent en voyage dans de diverses contrées. Les jours passent sans que personne de la cour ne réclame Ada. Le village l'oublie si rapidement, c'est étrange ! L'idée d'être une exilée sans famille l'enchante, son nomadisme représente alors un choix, celui que ses frères souhaitent pour elle. Ada imagine combien ses frères souffrent d'entendre sans cesse les paroles méchantes jaillissant de ces bouches assoiffées de calomnier, même si les paroles bonnes ou mauvaises marquent sans doute l'événement présent. La honte collective de la rumeur n'existe plus elle, car le village entier n'avait point pardonné le péché commis par sa mère qu'elle ne connaît même pas. Selon les rumeurs qui courent, Ada comprend qu'elle est maudite, sa pauvre mère. L'impossibilité. L'interdit. L'idée de fuir cette cour harcèle ardemment Ada assez longtemps. Il n'est guère possible de souffrir ainsi. Le sentiment hargneux de l'inexprimable, de l'impuissance, est terrible. Ada se recroqueville dans sa douleur.

***

Souriante, Siliki lui tend sa main : « Viens, me demande t-elle. Allons nous promener autour du marigot. » Assises sur un petit rocher, Siliki et Ada regardent l'eau du marigot inerte et jaunâtre, longtemps, sans fatigue ni de la vue ni de la position de leurs corps. Un vent léger souffle, caressant délicatement les feuillages des alentours. Incapable d'imaginer le pouvoir du silence toute seule, Ada pose sa main sur celle de Siliki, elle veut sentir sa peau sur la sienne. Siliki lui parle avec tellement de douceur. Elle a une voix fêlée, mince et ténue, plus pure que le serpent siffleur qu'elle adorait écouter. Elle lui explique que le serpent siffleur a un cri aigu et que celui-ci perce délicatement l'ouïe. Le son de ce serpent frôle le tympan gentiment pour permettre à l'oreille d'écouter la profondeur des sons mêlés dans la forêt. Souvent ou presque toujours, seuls disparus dans la nuit, les cris des animaux s'étouffent dans les bavardages incessants de Siliki et d'Ada. Il y a des moments où elles parlent trop, malgré le silence qui comble les quelques autres moments de leur quotidien. Silencieuse, Ada écoute, sans interrompre Siliki. De ses deux mains, elle caresse celles de Siliki. Les mains d'Ada massent délicatement celles de Siliki, qui en retour répètent les mêmes gestes et mouvements, alors qu'une goutte de larme se glisse entre leurs doigts. Siliki lui dit gentiment de ne plus pleurer. Sa tendresse couvre le visage d'Ada de ces larmes de joie. Elle se retourne sans bouger ses mains et lui lèche la joue plusieurs fois. Ada se tortille de joie, tellement la sensation de la langue sur sa joue emplit son cœur d'un bonheur rare. Le reflet du paysage sombre dans les rayons d'un soleil luisant.

Elles transpirent à grosses gouttes car la chaleur commence déjà à cogner très fort, comme tous les débuts d'après-midi. Siliki se déshabille, traîne son corps jusque dans le marigot. Elle disparaît sous l'eau pendant quelques instants. Ada regarde son corps se tortiller comme un poisson, Siliki sourit à Ada en lui tendant un bras alors que l'autre maintient l'équilibre de son corps dans l'eau. Sans jambes, elle ne nage qu'avec ses bras. Ada a peur de l'eau. Peur de ce marigot et en plus elle ne sait pas nager. Elle ne veut pas se mettre dans cette eau, ce marigot à mystères. Elle se sent bien, assise sur le rocher. En plus, elle n'a pas oublié les légendes sur ce marigot où des générations de villageois ont disparu. Puis, pensant à toutes ces histoires, de nouveau, sa vie passée au village semble se dérouler rapidement devant elle comme quelqu'un qui va se noyer. Oh ! C'est terrible de l'avouer, mais Ada éprouve une peur terrible de ce marigot. Si seulement elle pouvait se transformer en petit poisson rouge dans cette eau. Elle n'hésiterait point pour disparaître dans cette eau avec Siliki. Elle est loin dans les pensées lorsqu'elle entend la voix de Siliki. Son bras attend toujours celui d'Ada : « Viens, me demande-t-elle, elle est bonne l'eau. Viens, je suis là. N'aie pas peur. » Ada sourit à son tour en gesticulant sa tête en un signe de refus. Ada a cette impression de lui avoir refusé quelque chose d'elle, mais elle ne peut pas se hasarder dans ce marigot. Dans un grincement de dents violent, Siliki disparaît dans les profondeurs de l'eau pour s'y perdre un moment. L'eau, évoque une harmonie parfaite dans sa vie.

***

Les fleurs sauvages brillent sous l'éclat du soleil comme dans un de ces jardins artificiels. Soudainement illuminée par l'inspiration du moment, Ada mélange les couleurs des fleurs dans un bouquet. Elle le cache derrière le rocher et elle attend que Siliki lui tende la main une autre fois pour lui glisser le bouquet entre les doigts. Longtemps, Siliki nage, s'amuse avec des poissons et les autres habitants du marigot. Elle aime l'eau, particulièrement l'eau de ce marigot-là, qu'elle admire tant, du fait de son aspect si sauvage, doté d'un charme naturel, mais aussi à cause de tous ses amis, les bêtes et les plantes qui y traînent. Lorsque Siliki sort de l'eau, Ada voit sa poitrine remarquablement belle, l'impossible l'accable, elle la désire de toutes ses forces. Son corps s'ouvre et brûle de tous les feux du désir.

En un mélange confus de joie et de peine, Siliki pose un baiser effréné sur le front d'Ada. Elle sent la tension dans sa respiration. Ada reste longtemps assise à côté de Siliki. Elles ne se parlent pas. Rien que la respiration et les bruits de leurs corps se dégagent du silence. Autour du réduit, les bruits de la forêt viennent se superposer au silence.

Siliki, dans un geste plein de tendresse, prend la main d'Ada et lui dit :

- Comme il fait bon aujourd'hui, je vais te conter ma vie.

Ada se redresse comme si elle voulait se préparer à l'écoute. Tout dans le réduit semble calme, sauf les chants des oiseaux et d'autres cris d'animaux qui cassent le rythme du silence. Siliki parle lentement.

- La surprise fut grande lorsqu'un jour mon père jeta un grand pagne sur ma tête et me conduisit dans un réduit au fond du village *Fulani*. Enfermée dans ce réduit, ma mère me manque terriblement, mais je prends mon mal en patience. La gardienne m'aime assez et me favorise toujours. La gardienne me fait un compliment. Elle trouve mon sourire joli. Un sourire, dit-elle, qu'elle aime admirer. Elle essaye souvent de me distraire, tantôt elle me raconte des histoires où elle rigole toute seule, tantôt elle m'apporte de bons fruits de chez elle et des jeux qu'il faut utiliser pour tuer le temps. Elle m'ennuie énormément, alors je lui fais quelques réflexions sur ses bonnes actions. Se distraire est une idée excellente, mais tout en la savourant, pourquoi ne pas s'y livrer d'une manière utile et méritoire, je veux dire en œuvrant pour le bien des autres. Chacun, selon ses talents et sa situation, peut agir dans ce noble but, au lieu de gaspiller, de tuer le temps, en cherchant à se divertir. Ce mot même "divertir" est fort significatif dans ce contexte, son étymologie, *devertere* en latin, veut dire se détourner du but, c'est le contraire de la conversion, c'est quitter le chemin que l'on devrait suivre, pour s'engager dans une voie tout à fait différente. Les distractions dans lesquelles cette gardienne voulait m'entraîner ne servaient absolument à rien car ma route était déjà tracée, rien ne pouvait m'en sortir, même pas quelques distractions. La gardienne, voyant que ses divertissements ne me convenaient pas, me laissa tranquille jusqu'à mon mariage. J'avais su garder un cerveau intact et alerte, de sorte que rien ne pouvait me faire céder devant la misère. Je pouvais même être en guenilles, avoir froid ou faim, peu importait : tant que je pouvais lire, penser et observer les plantes, je me sentais libre spirituellement.

***

La douleur plongea ma pauvre mère dans un long sommeil de solitude et de non-retour. J'appris cette nouvelle le jour de mon mariage car tout le monde y était sauf elle. J'errais dans la foule cherchant le regard d'une connaissance proche, d'une amie de maman qui s'appelait Tàata. Si maman n'est pas présente, Tàata sera là, il n'y a aucun doute. Ma mère venait d'un pays lointain. Elle avait pour amie, sœur, voisine, une femme très gentille, cette Tàata. Normalement, selon la tradition, Tàata ne devait pas faire partie de cette cérémonie qui ne concernait que la famille proche du mari et de la femme. En principe, Tàata ne devait même pas être présente. Le regard ourlé de fatigue et d'égarement, la voix tremblante sur certaines fins de phrases à cause des larmes continues qui l'étranglaient presque, les traces des nerfs ressortis et la sueur mélangée aux larmes sur le visage de Tàata me serrèrent le cœur. Dans une accolade familière, Tàata me prit dans ses bras, elle me chuchota quelque chose de très flou à l'oreille tout en me glissant un paquet de feuilles couvert d'un morceau de pagne. « C'est le cadeau de mariage que ta maman voulait que tu reçoives. » Elle me serra la main et disparut dans la foule. Dès lors mon corps devint l'objet de douloureux désirs de haine. Mon bouleversement m'entraîna dans une longue méditation qui me transforma en légume.

La nuit, mon corps ne réagissait point. Les dents serrées toute la nuit, je revivais les doux moments de mon enfance, les marigots, les petites disputes avec les camarades, le feu et les histoires contées par maman, les galettes chaudes, en somme toute l'ambiance familiale avec maman. Un léger sourire me frôla les lèvres lorsque je repensais au chien galeux des voisins. Ce chien était incroyable. Quand il s'asseyait quelque part, il avait toute la colonie de mouches sur ses oreilles. Tout le monde cognait souvent sur lui car il était responsable de tous les vols de viande et de poisson qu'on séchait à côté des cuisines. De temps en temps, aveuglé par son désir, il coursait une chienne jusqu'à l'acte sexuel qui finissait dans de grands cris de douleur, sans compter l'errance de la pauvre chienne coincée par le sexe du chien, instinct animal, certes. Le dernier soupir de joie et de plaisir de la chienne ressortait toujours au moment de cette pénétration brutale et le dernier soupir de son repos au moment de l'extraction du chien. Nous l'aimions bien, ce chien galeux, malgré ses plaies dégoûtantes.

Se perdant dans la tristesse de cette nuit inoubliable, mon mari me viola toute la nuit, répétant le geste de pénétration comme un animal, me rappelant ce que le chien galeux faisait à toutes les chiennes qui passaient par son chemin, mais aucun cri ne sortit de cette nuit où toutes les commères du village attendaient l'aube avec impatience devant la porte de la chambre nuptiale. Incroyable, mais la douleur des autres les fait jouir, ces vieilles taupes frigides. Les ragots restent bien limités et personne ne croit à ce drame, à cet échec que mon mari vient de subir. Les commérages s'articulent en une série de phrases très banales. Nous avons la preuve de sa virginité, mais le bruitage n'a pas eu lieu comme tout autre jeune femme, la musique des corps s'est étouffée dans le silence de cette nuit voilée par la violence. L'absence de gémissements grossiers représente l'échec de la virilité de l'homme. Non seulement il faut prouver ma virginité, mais il faut aussi que je me mette à hurler comme une vache, même si je ne ressens rien, c'est la règle du jeu. Toutes les autres femmes respectent le rituel sans faille. La roue ne tournait plus à la même cadence, la mémoire ne reproduisait plus son récit d'antan. »

Les grosses eaux roulent en grondant dans le lit de cette petite rivière, encombrée de rochers. Les arbres géants essayent vainement de rejoindre leurs branches au-dessus des flots boueux et laissent traîner les lianes semblables à de petits serpents noirs ; entre les racines immenses plongeant dans l'eau sort parfois le museau brillant d'un crocodile qui partage l'écoute de l'histoire que me conte Siliki.

- Tu vois, tu es la bienvenue ici, tous mes amis signalent leur amitié, écoute attentivement.

La force de la voix de Siliki réveille tout son royaume, non pas qu'elle parle fort, mais sa voix répand un pouvoir qui enveloppe l'âme de chacun d'une joie immense. Dès que les animaux entendent le son de sa voix, ils se calment, deviennent attentifs. Toutes ces bêtes sont au rendez-vous comme s'il s'agissait d'un conseil de famille. Les quelques bêtes proches de nous entourent le rocher sur lequel nous sommes assises et, de temps en temps, de petits cris de joie déchirants ressortent spontanément en signe de solidarité, mais aussi pour assurer à Siliki que son auditoire est éveillé et à l'écoute.

Siliki reprend son souffle. « Quel beau cadeau de mariage offert par Tàata ! » me dit-elle à voix chuchotante. « Il y a des êtres d'une forte sensibilité, ai-je pensé en découvrant le paquet de lettres laissé par maman. Est-ce maman qui lui a demandé de me les remettre ? Encore des questions, que de questions me trottent dans la tête. Je n'ai pas besoin de me convaincre de l'amour de ma maman, je vante ses mérites dans ma tête, je me parle toute seule car il n'y a personne à qui je peux parler de cette femme formidable. Je vis dans le mystère que seules les ténèbres éclairent. Aveuglée par la colère qui domine mon existence, j'ai attendu des jours avant de découvrir les écrits de ma mère. Je veux être toute seule pour lire les messages de maman. Au bout d'un étroit sentier suivant la berge puis escaladant la pente, serpentant à travers les racines et les blocs de granit, se trouve une pauvre hutte esseulée. Je me glisse avec ma petite lampe à pétrole dans un coin sans faire attention aux occupants. Confortablement installée, tout d'abord, je prends le paquet de lettres entre mes mains, je les serre très fort contre moi, ensuite je les approche de mon nez afin de les sentir et peut-être reconnaître le parfum de maman, je fais tout cela les yeux fermés. Ma mère écrit sur tout ce qui traîne autour d'elle. Il y a eu des signes sur des racines d'arbres, sur des feuilles de bananiers, sur des journaux et d'autres bouts de papiers. Sur les racines d'arbres et les feuilles de bananiers, l'encre avait disparu par endroits. En plus, certains de ses signes inscrits et même son écriture restent indéchiffrables, il y a des espaces dans les textes, l'encre a disparu de certains mots. De temps en temps, on y rencontre des espaces vides qui font partie intégrante de l'écriture. Il manque des mots clés à des endroits précis, des verbes, bref, la compréhension s'avère impossible. Surtout, je ne perds pas espoir devant toutes ces difficultés. Il n'est que question de temps et d'espace pour moi. Devant ma tâche énorme et pénible, mes yeux se fatiguent à travers ces pages ternes, à première vue peu évocatrices. Rien, Ada, n'est facilement accessible, spécialement le savoir, celui que je veux atteindre. Il n'y a que dans l'intranquillité de l'âme qu'on retrouve la tranquillité. Tous les jours, je m'exerce à la lecture comme un enfant qui découvre ce livre interdit. Je répète les mêmes gestes dans ces nuits humides et encombrées de grosses couches de brumes épaisses. Arrivée à mon logis secret, je retire le paquet de lettres, de feuilles et de bouts de racines de mes reins. Je les serre contre ma poitrine, les approche de mon nez pour jouir des odeurs des objets vieillis. Je retire la ficelle soigneusement, car ces documents me sont précieux. Sans désespoir, indifférente au vent violent, l'œil posé sur les mots, je tente de déchiffrer quelques mots, phrases et paragraphes. Finalement, un jour, le messager vient alerter mon mari au sujet de mes activités nocturnes et je ne peux plus me retirer pour essayer de déchiffrer l'écriture de maman. Voilà l'un des plaisirs que les autres et mon mari m'ont retiré sans remords. La cruauté fait partie de nos us. À ce point de ma vie, chaque image douloureuse qui me défile sous les yeux reste aussi frappante que toutes les autres images qui se sont incrustées dans ma mémoire à travers le temps. J'ai mal et mes blessures saignent à nouveau, tel ce sang qui coule dès que le bourreau frappe d'un coup le condamné.

***

Après ma grossesse relativement calme, vint le moment de la délivrance suivie d'une tradition que je devais à mon tour respecter comme toutes les autres femmes de mon mari, j'étais prête à exécuter toute la performance. On m'envoya une vieille femme qui assistait toutes les femmes de mon mari pendant la délivrance, elle s'appelait Mánna. Je ne me rappelle pas bien tous les détails, mais dès que la vieille Mánna reçut le bébé, elle l'aspergea de l'eau sortie de sa bouche pour faire crier le bébé, le cri permet au bébé de rejeter le reste d'eau salée qu'il pourrait avoir dans le nez. Si cette eau salée restait dans le nez, le bébé aurait toujours une odeur désagréable et parlerait du nez, me dit-elle. Tout se passa très bien. J'avais une fille dans mes bras, à qui je souris. Elle est chaude, sa chaleur me rechauffe le cœur. Je la regarde longtemps avec des yeux tendres de maman heureuse. Je nomme ma fille Affi, la perle de mon cou. Affi, une vraie perle, cette enfant. Sa présence fait ressurgir mon secret, celui-là même que je garde enfoui au fond de mon cœur. Refouler toujours refouler, pour enfin vivre dans l'imaginaire. Désormais, la haine. Je vivais dans la haine et ma fille allait porter les mêmes paroles assaisonnées de haine, le venin qui pique et empoisonne le sang de toute personne opprimée : la rage !

Au fur et à mesure que le temps passe, le village s'habitue à mon calme, tout semble rentrer dans l'ordre. Ainsi, avec ma fille, je décide de reprendre le déchiffrage des écrits de maman. Je sens que maman m'a transmis quelque chose dont je dois percer le secret. Je découvre rapidement ma passion pour ce travail. C'est presque obsessionnel cette recherche. Je me sacrifie pour y parvenir. Maman m'avait dit un jour, petite, tu travailleras très dur pour arriver à quelque chose, dans notre culture, rien ne s'hérite, tout se conquiert.

Comme toutes les femmes, je possède mon réduit avec mon enfant et notre mari nous rend visite une fois par semaine pour se défouler sexuellement. Il faut tout simplement attendre son tour de fornication dans son réduit, ce mot m'écœure, mais lequel utiliser, c'est le seul qui vienne effleurer mes lèvres enragées par la colère. Les autres femmes s'occupent du linge, de la nourriture et ceci pendant un an, juste le temps que l'enfant acquière une autonomie. Je m'enferme dans mon réduit avec ma fille et je me plonge dans les lectures interminables, rien que son petit cri de faim me sort de mes activités de lecture et de griffonnage. Et pour faire semblant, drapée dans mes pagnes, je promène la petite pour un bain de soleil.

Avec acharnement, je travaille tous les jours. La nuit tombe sans que je ne me rende compte que l'obscurité et l'humidité malsaine me signalent la présence d'une nuit qui va être longue. Quand j'ai l'impression d'avoir reconstitué un texte, je retrouve d'autres bouts de papiers ou des notes griffonnées sur des racines d'arbres. Dans tout ce fouillis d'écriture, cette prose superbe où le rythme de la phrase nous enveloppe, je réussis, bout à bout, à tisser une toile avec les mots de ma mère.

Pourquoi moi. Pourquoi moi. Pardon. Pardon !

Homme, je te déteste et tu vas mourir. Tu vas mourir dans les mêmes souffrances que celles que tu m'infligeais... Vois mon corps, murmure la jambe droite, elle est rouge, rouge du sang d'un homme venu d'ailleurs, des pays où il neige, il m'a attaquée. Hé ! Homme, tu vas mourir et tu verras la douleur avant de succomber. Hé ! Homme. Regarde mon autre jambe, gronde la jambe gauche, elle est tailladée. Pourquoi voulais-tu ma moelle? Et que voulais-tu faire de mon corps? Hé! Homme, s'écrie ma bouche en rigolant très fort ! Pitié. Pitié. Pitié. Femme, sauve mon âme. Femme, m'entends-tu ? Sauve-moi, femme ! Pourquoi ne m'aides-tu pas ? J'étais mauvaise avec toi, oui, mais me pardonneras-tu ? Aide-moi femme. Toi, je t'aimais, femme. Femme !

Alors, un ricanement a refoulé dans ma gorge mes cris de douleur, et j'ai vu, je l'ai vu, lui, le solitaire, le géant, le chevalier de mes nuits... Tes grands bras s'agitent et... au secours ! Il frappe dans mes flancs, il les ouvre avec des haches, avec des machettes ! Le regard haineux m'étouffe, m'étran-

gle... Femme ! Mon sang gicle, ton corps devient rouge maintenant... Homme, tu portes l'inscription de ma douleur sur toi. Je souffre, ma douleur est intense ; une ronde infernale de nains horribles, poilus, aux longs bras pendants, danse autour de moi. Leur cercle se resserre, ils tournent toujours, si vite que je ne vois plus qu'un cercle noir autour de moi et qui m'étreint... m'étreint...

Homme, je le sais, tu reviendras. Voici dix ans que tu me rodes autour.

Moi, je cours le monde, je fuis les hommes, mais ils me rodent toujours autour. Homme, tu me harcèles. Et moi, je continue à demander pardon à la femme, je la supplie de m'aider. Femme ! C'est toujours une faute de vouloir prouver l'existence par raisonnement au lieu d'aller voir et toucher la chose existente. Femme, je te demande pardon. Femme !

Ici, on est gentil pour moi, on m'a donné une chambre bien close, bien capitonnée, que l'on ferme constamment à clé... qu'importe ! Ils reviendront quand même... Je le sais... Ils m'épient... ici même... Ainsi, l'interne, vous savez, le grand rouge... avec ses grands bras, eh bien, je vais vous le dire... c'est mon mari... Vous comprenez ? N'en dites rien... Ah! mais je me défendrai... Voyez ce couteau... et cette corde... Je les lui ai volés hier... au bougossi... et quand il viendra, j'attacherai la corde à son faîte ; avec mon couteau, je sectionnerai ses racines, puis, avec ma bouche, je fouillerai son cœur pour reprendre mon sang. Je le sucerai avec vivacité.

Ces feuillets furent arrachés des mains crispées d'une folle qui, dit-on, avait perdu la raison après la disparition de son enfant qu'elle était venue retrouver dans le village Fulani.

Ada écoute avec passion. Elle ne comprend pas tout ce que Siliki lui raconte. L'essentiel de son histoire ne lui échappe pas, malgré les détails, parfois trop personnels. Siliki, dans l'obscurité, avec une étroite lumière, griffonne souvent sur tout ce qui lui tombe sous la main. La main perdue dans l'élan de l'écriture, elle passe des heures penchée à écrire. Connaissant Siliki, elle exécute tout ce que son cœur lui dicte de faire, mais Ada n'arrive pas du tout à saisir la signification de tous les gestes que Siliki produit. Avec les guillemets, on ouvre et l'on referme la parenthèse à son aise. Il est possible de modifier, de rajouter, de remplir le vide, du moins les guillemets permettent de s'infiltrer à tout moment. Tisser son existence avec les intentions des autres tout en y laissant les trous, car il y a des brins de réflexion qui échappent malgré une certaine maîtrise qu'on acquiert en tissant méthodiquement sa pensée. Tout cela excite, certes ; de plus en plus Ada creuse sa curiosité vers cette inconnue qui n'est désormais que sa très chère aimée, sa douce Siliki. La surprise s'accroît après la lecture du texte de la mère de Siliki. L'ambiguïté de l'énigme n'interrompt pas tout le processus.

Ada a l'impression de connaître le fond du secret, la couche de ténèbres formant l'histoire de la mère de Siliki, mais rien de tout cela ne dissipe les ténèbres dans son esprit. Ada pense alors à ce que les gens disent à la cour de son Baba: "telle fille, telle mère." Mais est-ce le cas dans cette histoire-ci, celle qui concerne Siliki et sa mère ? Ada rêve de découvrir cette histoire, l'histoire de Siliki même. Ada comprend désormais que le temps est précieux. Petit à petit, elle cultive son amitié avec sa bien aimée qui lui dévoile tous les secrets de la vie, ceux qui transforment les ténèbres en bribes de lumière. Le temps que leur amitié durera, elle cravachera le temps qui court, qu'il fait et qui lui permettra d'en finir avec les misères du temps qui passe loin de la cour de son Baba. Son histoire, celle de Siliki, est une histoire qu'Ada n'a pas honte de faire entrer dans ses rêves, fut-ce par l'infime porte du plus petit détail, qui s'incruste à jamais dans sa mémoire. Alors point n'est besoin de relater en détail son désarroi. Ada souffre tellement du vide que de ne rien savoir sur la vie de Siliki, souvent les sanglots finissent par l'étouffer.

Comment est-elle devenue handicapée et sa fille Affi où est-elle? Plus la curiosité d'Ada déborde, plus Siliki devient mystère. Cette couche mystérieuse qui couvre son ombre l'oblige à rester aguerrie. Siliki lui raconte des histoires, mais pas sur elle. Ada pense à toutes les histoires qu'elle lui raconte sous leur oreiller. Ada sourit en pensant à une vieille légende sur le village du mari de Siliki. Elle connaît cette légende dans les moindres détails. Ada sourit longtemps. Hélas ! Ceci reste une vieille légende qui ne rajoute rien au savoir qui l'intéresse. Il lui faut donc trouver dès que possible, une ouverture à la vie de Siliki, même s'il s'agit d'une fente, un brin de lumière pour enfin illuminer les ténèbres dans lesquelles se trouve sa vie avec cette femme qu'elle aime. L'éclairage de la fente, de l'ouverture, projette un début d'espoir qui déplace les traces de désespoir. Mais Ada peut déjà tisser un récit avec les quelques informations sans importance que Siliki lui indique sur elle. Et sa fille, où est-elle à présent? Ceci trouble Ada. Et son mari, ce village *Fulani*. Que c'est triste ! Ada oscille d'impasse en impasse, que de questions étendent le mystère Siliki. Ada, recroquevillée sur elle-même, reste toute retournée par ces multiples émotions qui l'affectent au cours de longues journées, architecture du temps. Siliki connaît sûrement l'histoire de la mère d'Ada parce qu'elle est *Fulani* comme elle. Le Baba d'Ada avait quitté le village *Fulani* comme Siliki pour s'installer chez les *Mafa*. À force d'accueillir les étrangers qui s'y installaient, le village *Mafa* était constitué de personnes venant d'ailleurs ; des personnes sans traces, sans racines ; de sorte que les *Mafa* eux-mêmes constituent une forte population de vieilles personnes, sûrement venues d'ailleurs aussi, mais qui s'adaptent à l'environnement et aux traditions qu'ils maintiennent.

***

Siliki vient de partager l'histoire de sa mère avec Ada qui sent dans son regard combien la tristesse l'envahit de jour en jour. Son amour pour elle grandit toujours davantage et elle se sent vraiment bien avec elle. Siliki est la source du bonheur pour Ada. Elle est très amoureuse d'elle. Elle lui offre des fleurs et de petits baisers dès que l'occasion se présente. Ada a le cœur à fleur d'amour, sa bouche, ses mains pudiques, ballet d'ombres innées… Ada rêve, rêve, elle s'oublie dans le bonheur du moment.

Comme une fourmi, à l'assaut, Ada, décidée à cultiver plus encore le cœur de Siliki, se heurte à quelque chose d'impossible. Siliki, beaucoup plus âgée qu'elle, comprend que la vie exige plus que leur amour, plus que leur bonheur. La vie à deux ne couvre pas complètement les graves blessures cicatrisées et gravées dans leurs âmes. Leurs histoires sont gravées sur un nœud de peines. La haine traversant leurs histoires ne marque que trop la réalité des autres femmes. Ada veut comprendre l'histoire de sa propre mère, mais elle prend le temps de réfléchir. Comment poser des questions à Siliki ? Une question posée ici et là ouvre la source de douleur. À partir de ce principe, toutes les deux décident intérieurement d'imaginer de beaux récits, exigeants et courageux pour rattraper le temps, pour se réconforter. Curieusement, elles se comprennent dans une sorte de protestation muette. Ada se chuchote des paroles, seule, pour elle-même, mais Siliki y reste incluse comme cette fleur sortant de cette plante qu'on s'approprie de la nature, on la déplace pour un autre endroit, juste pour son propre plaisir.

Elle est dans ma vie, cette Siliki. Elle vacille désormais entre deux pôles, du public au privé, du dedans au dehors et ainsi jusqu'au creux de la vie même. Une fois, on est la fille de quelqu'un, une autre fois, on est la femme de quelqu'un, ensuite, on devient la fleur de l'autre qui reste autrui, y a-t-il espoir d'être à soi, parler d'une simple illusion ne serait pas mieux, le creux de la vie, pierre angulaire de notre existence. Seules au monde, à l'abri dans notre réduit, nous sommes deux complices, se faisant des confidences sur les futilités de l'amour et de la haine. Nous constituons notre espace public et privé comme bon nous semble. Nous sommes dans la vie.

Siliki parle à Ada qui semble un peu désespérée. « C'est bien à cause de l'amour et de la haine que je suis Siliki. J'ai quitté l'univers implacable des hommes *Fulani* pour rejoindre ma vie spirituelle chez les *Mafa*, car pour moi, plus rien ne semble suffisant pour effacer le scandale d'une souffrance inutile, pour éponger le mal accumulé dans mon histoire. Tu sais Ada, je suis Siliki parce que j'ai décidé cela moi-même. Je veux que tu sois toi, que tu comprennes la vie comme elle se présente. Je suis avec toi, je suis dans toi. Je te vois souvent agitée et je souris. Je veux t'apprendre ce que je sais. Moi, j'aime la nature et je vis dans la nature. Il y a longtemps que j'ai abandonné la race humaine. Ici dans ce réduit, je respire et je vis mes désirs. Donne-moi ta main. Écoute le vent dehors. Tu l'entends ? Écoute. Je veux que tu apprennes à comprendre les mouvements de la nature. Il y a tellement de signes. Je suis fatiguée, j'ai déjà tellement vu de misères dans ma vie que maintenant, j'invente la beauté. Ne t'en fais pas, dans cette aventure, moi, je te guiderai. La beauté s'invente, se cultive. »

Ada aime ces moments-là, quand Siliki lui parle. C'est précieux. Siliki travaille toujours, soit dans le jardin, soit dans une activité très spirituelle, telle que la lecture, la peinture ou l'écriture, la réflexion. Comme elle aime la nature, elle trouve toujours une occasion propice pour mélanger des couleurs différentes pour peindre les différentes calebasses qui se trouvent dans le jardin. Écrire pour elle représente le calme d'esprit, mais aussi une manière de rejoindre une certaine continuité de l'écriture des textes inachevés de sa maman et de se fondre dans le même moule que l'écriture permet à l'être. Ada, elle, apprend à comprendre certains textes, ceux-là qu'elle nomme les textes sacrés: "les écrits de maman". Je blague, je parle des écrits sacrés comme la Bible, le Coran et les autres textes. Elle me dit aussi que la culture transmise est une bonne chose pour soi-même. Siliki sait tellement de choses et Ada ne comprend pas vraiment comment elle réussit à avoir tant de savoir. En plus, elle imagine dans sa tête que cette femme, que les gens du village appellent sorcière, n'est qu'une boule de lumière.

Ada songe à toute cette transaction culturelle comme de grosses taches de gras que la soupe bouillante laisse sur nos pagnes décolorés par le soleil. Ada s'applique docilement à tout ce que Siliki essaye de lui apprendre. Son Baba n'a jamais pensé que l'école pour une fille serait une bonne chose, en plus, Ada est née maudite. Mais au moins, maintenant, elle va apprendre à lire et à écrire, comme ses frères qui, de temps en temps, lui donnaient des leçons. Malgré les quelques difficultés qui se présentent pour Ada, tout son cœur y est, et elle fait des efforts pour sa bien-aimée. Leur relation se solidifie avec le temps qui passe. Elles vivent là dans le réduit et la nature autour d'elles les apprécie.

Le soir, assises autour d'un feu sous une lune pleine, elles écoutent les habitants de la nuit. Siliki lui apprend à reconnaître les différents cris dans la nuit, particulièrement ceux du serpent siffleur, mais aussi du criquet vert... La nuit dans le village *Mafa* devient paisible, l'absence des villageois purifie toute l'atmosphère. Le silence se mélange à leurs moments d'intimité qui se prolongent longuement. Siliki porte en elle une montagne de tendresse et d'amitié. Elles passent des heures à écouter la musique que leurs corps produisent. Les rayons de soleil effleurent leurs visages endormis d'où se reflète un certain calme gentil. Les coqs et leurs chants agressifs, la brise de l'aube, tout se réveille, comme si toute la nature était contre leur complicité de dormir tard dans la matinée. Comme tous les matins, Siliki, lentement, sur son torse, se dirige au marigot pour se baigner. Elle adore l'eau sur son corps, mais ne lave jamais ses étoffes puantes. Elle aime tant les odeurs que ses sens ont commencé à se développer pour les odeurs fortes. Elle a un certain attachement pour les odeurs de ses haillons, un vice presque. Avec tant de délicatesse, elle s'occupe de son corps mais pas de ces bouts d'étoffe puants. Tous ses petits gestes inspirent Ada, lui donnent le courage de regarder la vie sous une autre lumière. Il y avait une consistance existentielle dans cette relation. Elles vivaient simplement le présent, leur présent, le moment, leurs moments délicats. Heureusement qu'il y avait Siliki dans la vie d'Ada. Il y avait quelque fois des moments de crise dans la vie d'Ada qui supportait souvent mal l'idée de ne pas connaître son passé, l'histoire de sa mère. Siliki, elle, avait un passé auquel elle se référait assez souvent. Elle avait des points de références solides. Ça c'est l'idée que se fait Ada de sa bien-aimée. Ses souvenirs amers mais à la fois beaux reconstruisent sa présence et son histoire. Moments qu'Ada veut sans cesse figer. Son histoire fragmentée, symbole de la vie, porte des traces qu'elle peut retrouver. Et pour Ada, comment retrouver ses traces ? Siliki dénote sûrement ce point de rupture dans sa vie. Le questionnement acharné d'Ada finit par être énigmatique. Ada pense qu'elle n'est définitivement qu'une suite de traces dans l'histoire des autres femmes. Maintenant que Siliki est dans sa vie, elle préfère être l'une des traces dans celle de Siliki.

***

Les pensées la troublent de jour en jour, heureusement qu'il y a le calme de la vie avec Siliki. Comme tous les matins, Siliki se retrouve dans l'eau. Alors qu'Ada traîne dans le réduit, elle trouve un mot attaché à ses souliers. Des souliers que Siliki lui avait donnés. Elle comprend assez bien l'essentiel des plaisirs simples. Les souliers, quel endroit pour laisser un mot, cynique cette femme. Ada est alors mise devant l'évidence que pour Siliki sans jambes, les souliers ne sont plus d'aucune utilité. Ada prend conscience qu'elle a un corps avec tous les membres utiles. Ce petit mot reconstitue un fragment d'histoire que la maman de Siliki a laissé dans le paquet qu'elle a reçu le jour de son mariage. Siliki a une belle écriture, appliquée. « Voilà ici une information obscure, lis-la et dis-moi ce que tu en penses, je t'aime ma douce amie. Ma petite Ada! » *La notion d'appropriation me gêne. Au fur et à mesure de leur capture, les futurs esclaves sont enfermés dans des réduits. Les captifs reçoivent sur l'épaule les initiales de l'armateur marquées au fer rouge et sont entassés dans le réduit, allongés corps contre corps. Quelques femmes sont mises de côté pour le plaisir des marins. Ainsi le voyage commençait, tranquillement, vers le nouveau monde.*

D'une main, Ada tient un soulier et de l'autre le bout de papier qu'elle vient de lire. En lisant à haute voix, les mots résonnent comme un tambour déchaîné, ces mots martèlent tout son corps : esclave, réduit, capture, femme. Elle porte pour la première fois les souliers que Siliki lui avait offerts et sort en courant vers le marigot où Siliki va souvent se recueillir.

L'air frais de la matinée la pousse dans un élan, la nature lui sourit, tout est assez étrange autour de leur domaine. Ada ne soupçonne rien, elle court aussi vite que possible, Siliki lui manque et elle meurt d'envie de lui dire qu'elle l'aime et de lui donner ses impressions sur la lecture du bout de papier. Elle a le pas leste, elle imagine tous les gestes qu'elle veut faire dès qu'elles se retrouveront tout à l'heure. Elle lui poserait ce baiser sur le front et ensuite elles échangeraient quelques idées sur le mot qu'elle avait laissé. Ada se rappelle que la veille, elle s'est endormie sans lui faire un baiser tellement la fatigue l'avait épuisée. Toute cette journée-là avait filé comme un torrent d'eau. Concentrée sur le mixage des couleurs, Ada essaye de peindre une calebasse qu'elle veut offrir à Siliki. Assise toute la journée dans un coin de la cour, Ada ne sent plus son corps, alors elle s'allonge. Elle s'endort de suite. Sa nuit, pas tourmentée, reste douce et calme, mais elle lui semble aussi très courte. Toutes ses pensées défilent dans sa tête pendant qu'elle se dépêche d'atteindre le marigot. Arrivée au marigot, elle se dirige sur le rocher où elles passent souvent toutes les deux de longs moments. Siliki n'y est pas. Ada s'approche du marigot où Siliki aime laisser son demi-gros corps, son buste flotter dans cette eau dégoûtante. Ada ne voit pas son visage et la peur l'envahit aussitôt, mais ce proverbe entendu au village lui revint : « Jamais se lamenter avant le deuil! » Ada surgit soudainement de son immobilité lorsque ses yeux se dirigent sur le corps de Siliki, couchée juste de l'autre côté du rocher. Ada se met à hurler le nom de Siliki, Siliki, Siliki douce amie. Elle se penche sur elle pour écouter sa respiration. Comme d'habitude, habillée de tous ses haillons, impossible d'atteindre le moindre petit battement de sa poitrine. Ada pleure, se lamente et se lamente seule devant son destin. Le vide. La perte. La solitude. La gorge serrée, elle se dirige vers le village pour un secours immédiat. L'aisance avec laquelle

elle a pu se rendre au village sans même attirer un soupçon l'encourage. Revoir la cour de son Baba veut dire non seulement qu'il faut s'attendre à tout mais aussi saisir le dernier espoir - l'irréversible moment dans l'histoire de Siliki. Non, son retour n'est pas l'autre version du *retour du fils prodigue,* mais l'inscription de la rupture éventuelle. Pour son Baba, la question de se marier ne s'est jamais posée car on dit qu'Ada ressemble trop à sa mère et qu'aucun homme ne veut la marier, même sans dot. D'ailleurs, elle voit bien que son Baba ne s'intéresse pas à elle. Revenant de ses longs voyages, il demande souvent des nouvelles de ses autres filles qu'il nomme des perles :

- Comment vont mes bijoux ? J'espère qu'elles sont gardées aussi précieusement qu'elles le méritent. Le patriarche a creusé des sillons ondulants où sont déposées chacune de mes perles.

Ada ne fait pas partie des perles de son Baba.

***

Le silence règne dans le village. Les manguiers couverts de belles mangues jaunes et rouges m'assurent qu'il y aura des enfants du village sous les différents manguiers. Le sens de l'urgence me fait presser le pas. Gogo reconnaît

Ada au loin, aussitôt il avise les autres autour de lui. Ada fait un grand signe à Gogo qui accourt vers elle. Gogo et Ada sont des amis, ils ont souvent ramassé les mangues vertes ensemble. Ada et Gogo s'aiment sans vraiment se connaître, ils ont leurs petits secrets que personne ne partage avec eux. Ils font partie de la grande cour de Baba comme tous les autres enfants. Gogo apprécie la simplicité et le sourire d'Ada. C'est le protégé d'Ada. Elle lui prend la main et lui dit sèchement.

- Pas de questions, va vite chercher mes frères, la discrétion est de règle. Je fais confiance à ton imagination mais il faut qu'ils soient là dans les minutes qui suivent.

En un éclair Gogo disparaît. Les autres enfants dégoûtés par la présence d'Ada ne savent que faire. Lui parler. Lui cracher dessus. La confusion s'installe. La surprise des enfants est un bon signe pour Ada, car elle se rend compte qu'elle n'a pas encore totalement disparu de la mémoire du village. Tous ébahis, silencieux, les yeux grands ouverts, ils forment un cercle autour d'Ada. On n'entend que le bruissement des mouches, toujours en quête des plaies galeuses qui couvrent les jambes de certains enfants. Ada a deux frères qui lui témoignent une tendresse indescriptible. En un laps de temps minime, l'un de ses frères se présente, heureux de la voir il la serre dans ses bras. Sans perdre un moment, Ada l'informe de la situation de son malheur et de l'aide qu'elle nécessite. La cicatrice qui scande un être hybride est celle qui, à peine guérie, saigne de nouveau, ainsi dans l'éternité.

Ada explique rapidement la situation dans laquelle se trouve Siliki. Elle demande à son frère de se rendre au marigot avec elle.

- Je pense que Siliki a eu un malaise et si tu peux la transporter dans notre réduit, ce sera facile de s'occuper d'elle. Elle pèse assez pour mon poids.

Mon frère me demande si je sais toujours courir comme quand nous étions petits, mes deux frères m'ont appris à courir et à faire d'autres choses utiles dans la vie. Quand ils avaient un projet, c'est-à-dire un sale coup à faire, j'étais toujours de la compagnie. Mon frère voit mes souliers et me demande :

- Depuis quand mets-tu des souliers ? Non seulement ils sont la représentation parfaite de la torture subtile, mais ils déforment les pieds, ton corps, ta personnalité de femme *Fulani,* c'est joli les pieds plats, en plus les hommes ici aiment bien ça.

Il sourit en tapotant sur mon épaule.

- Enlève-moi ces souliers, vite. Non je ne te laisserai pas faire, rhabille-toi, ressaisis ton corps, vite sur la route.

Il me prend par la main et comme une étoile filante, nous fonçons droit au rocher où la pauvre Siliki est toujours à plat sur son dos. Son corps trempé, moite de fièvre me fait battre le cœur follement. Mon frère sursaute de peur en voyant Siliki par terre. Il hésite un moment : comment toucher cette sorcière, au-delà du fait que son corps représente l'abjection ?

Ada se retourne vers son frère et lui parle avec douceur. « C'est mon amour, je l'aime, je veux qu'elle vive encore quelques heures, minutes, secondes pour moi. S'il te plaît, aide-moi, là n'est qu'un cri de désespoir d'une amoureuse. Elle n'est pas dangereuse. Elle ne te fera pas mal. Tu peux la transporter.

- Elle sent un peu fort, ton amie.

- Ce n'est qu'une odeur. L'odeur de ses haillons. Ceci ne s'explique point, je l'aime et c'est tout. Mon frère, la bouche grande ouverte, n'a pas le temps d'empêcher une mouche qui s'infiltre dans sa bouche. Il veut sûrement dire quelque chose, mais Ada le pousse sur Siliki et lui explique avec calme : C'est ma part de feu! Grouille, grouille. Pris par la tendresse de mes larmes, mon frère prend finalement Siliki dans ses bras. Nous nous dirigeons vers le réduit.

Ada s'occupe rapidement de Siliki, elle lui chuchote un mot à l'oreille, elle remarque un signe de vie, ses lèvres qui lui rendent un sourire timide. Ada demande à son frère d'aller chercher des plantes pour préparer une boisson chaude qui lui redonnerait des forces. Pendant ce temps, Ada lui donne de l'eau et elle se met à éponger son front en lui chuchotant des choses douces. Ébloui par toutes ces images mon frère reste passionné par notre vie. En effet, c'est dans le conflit que naît le plaisir, pas d'une unité quelconque. Le plaisir s'apprend, il faut le choisir, il se médite car la conscience est constamment détruite, annihilée par l'ensemble des limitations, des contradictions autour de la vie. Ada pose quelques questions à son frère car elle veut savoir comment tout se passe au village sans elle. Elle demande aussi pourquoi son autre frère n'est pas là. Le frère d'Ada lui promet de revenir avec le jeune frère pour rendre visite à Siliki. Le frère d'Ada prend congé en lui pinçant gentiment le nez, signe d'affection et de son accord.

***

Malgré toute mon attention, l'état de Siliki ne s'améliore pas, elle reste très fatiguée et ne peut rien manger. Nuit et jour, Ada veille au chevet de leur nid d'amour, la main dans celle de Siliki. Elle craint la mort, l'éternelle fuite.

Vaines illusions pour Ada ! Inutile d'insister ; on imagine aisément le désarroi causé par la maladie de Siliki. La démoralisation profonde de son esprit face aux événements s'aggrave, en bref, le calme quitte Ada pour toujours. Épuisée par le manque de sommeil, le cri matinal du coq éveille tous ses sens ce matin-là. Dans ses détails minutieux, elle distingue les longs cris du coq, réveil brusque qui la plonge dans un espoir, Siliki voit d'autres rayons de soleil à travers les rayures de la porte du réduit. Le manque de sommeil n'affecte point sa sensibilité. Ada éprouve un pincement au cœur quand, subitement, elle observe un léger sourire sur les lèvres de Siliki, les mêmes frissons d'angoisse et d'espoir enfouis au fond d'Ada rejaillissent violemment. Son for intérieur souffre. Ada a peur de se retrouver seule. Au village, elle a vu des gens disparaître dans la mort. Elle avait vu des gens tomber dans le néant de la douleur. Le sourire de Siliki veut tout dire. Elle le répète encore une fois, elle craint la mort, l'éternelle fuite. Elle a encore tellement de choses à lui dire, à apprendre d'elle. Siliki, tendre amie, il faut continuer à me raconter des histoires. Je les raconterai à mon tour. Les histoires, si on ne les écrit pas, on en oublie certains détails. Ada a emmagasiné trop d'histoires des jours passés avec Siliki. Sa tête est devenue comme un coffre où se rangent toutes les histoires écoutées. Comble de tout, la mémoire est courte, certes, elle est ailleurs, dans d'autres espaces qu'il faut trouver. S'astreindre à l'écriture pour conserver ces histoires, se disait Ada, mais comment ? Même si l'écriture devient impossible dans ce contexte, il faut toutefois s'y mettre. Siliki, pendant des jours, des semaines, des mois, lui a appris à écrire. Et pour elle, l'écriture est tout d'abord un acte physique, le contact de la main avec le crayon, où la main dans tout son élan imprime une trace, forme une lettre, des lettres assemblées pour continuer la composition des textes sacrés, des histoires de femmes. N'est-ce pas la main qui accomplit l'écriture comme un instrument neutre reste au service de la pensée, de l'expression des sentiments, du plaisir de communiquer, d'assurer la production des histoires, même si elles sont impossibles à comprendre pour les autres. Pourquoi le faire ? se demande Ada. L'impossibilité, l'interdit, l'absence, sont inscrits dans les histoires que Siliki raconte. L'écriture est soumise à une loi, pour Siliki, c'est la loi du soleil, car pour elle, le soleil incarne la transparence chargée de mystère. Le soleil sèche et conserve l'encre. Avec l'écriture, on perd le pouvoir de la parole, le mutisme devient le mot d'ordre, tout en sachant que ce que l'écriture gagne en pouvoir, elle le perd en innocence, d'où, pour Siliki la transparence du soleil. L'écriture c'est comme un corps en germination sans contrôle, la prolifération des signes invoqués évoque une certaine lâcheté. Le fait qu'on s'enferme dans un labyrinthe de mots pose tout un tas de problèmes. Mais qu'à cela ne tienne, car dans le cas de Siliki et d'Ada, ce n'est pas un hasard si elles restent figées là, dans le creux d'un texte, à travers le temps. Ce creux est un refuge, un domaine secret pour les uns, mais pour les autres, il s'agit de l'abjection qui pousse à bout, dans l'abîme. Ada se perd dans toutes sortes de pensées. Le dégoût tari dans sa bouche, la lâcheté l'engouffre dans l'inertie. Le désastre étant irréversible, Ada se prépare telle une bête toujours prête à surgir. Elle regarde le labyrinthe de sa vie se transformer en un miroir flou où il est impossible de distinguer les formes du visage. Rien que l'effacement devient possible. Puisque leur histoire existe dans un texte, qu'elle est figée, alors pour Ada, il faut tout simplement comprendre le dénouement de tous les symboles de résistance qui jusqu'ici protège son corps. Siliki lui a dit une fois combien il est important de sculpter des mots violents sur sa peau. Le creux d'un texte perd toujours sa force, mais le texte d'une femme, celui qui inscrit sa douleur, est puissant. L'écriture de l'histoire d'une femme n'est nullement saturée, au contraire, cette écriture est animée par le signe de la survie, le symbolique de la vie où le langage se trace. Ainsi, l'écriture de Siliki marque la fuite, seule convention à notre portée, la fuite c'est l'écartement, la distance fructueuse, celle qui permet la récollection des fragments, des traces. Comme Siliki ne peut plus vraiment parler avec Ada, elle s'enferme dans des chuchotements infinis.

***

Les semaines passent avec le même soleil éclatant, les mêmes rayons qui s'infiltrent à travers tous les trous du réduit. Mais Siliki clouée au lit ne donne plus aucun espoir de vie. Seuls ses grands yeux ressortent de sa tête et fixent ceux d'Ada pour les figer dans le vide. Cette nuit, une pluie orageuse menace le réduit, indifférente à la souffrance de Siliki, elle tombe toute la nuit et les gouttes tambourinent contre le réduit. C'est une pluie violente qui veut signifier quelque chose dont on doute de l'existence : ce mélange de mort et de vie. La nuit et la pluie se terminent sous le signe de la mort de Siliki. Le souffle de cette union affirme la rupture : d'un côté la pluie cesse de tomber, sa mélodie s'éteint et de l'autre côté, le jour se lève, les volets de misère s'ouvrent audacieusement malgré le vide. Ada est seule désormais. Le glas de sa vie a retenti : la solitude. Voilà son seul espoir : disparaître dans le vide. Cette incomplétude, l'abîme entre le dit et l'indicible, hante toute la sagesse que Siliki transmet à Ada. La parole de Siliki s'éteint dans le néant, au-delà d'un ailleurs. Quelle douleur ! Cette femme, cette Siliki-là, représente l'amour même. Elle a donné de l'amour, de la tendresse, elle a montré à Ada l'essentiel. Comment aimer les êtres humains et la nature, sentir palpiter un cœur humain, rire, pleurer, se battre, s'élever, souffrir, se dépasser, croire, étudier, vivre et participer à tout ce qui vit dans la nature et dans son cœur ? Sa générosité d'esprit a véritablement touché Ada. Elle lui a appris à se voir comme une femme. Celle qui s'aime et est capable d'aimer une autre femme.

***

Ada et ses deux frères offrirent à Siliki des funérailles méritées. Comme les tableaux qu'elle adorait peindre, son cercueil modeste fut couvert de toutes les fleurs de son domaine. Siliki, passionnée de la nature et de son monde, fut servie par le calme du marigot, quelques mouettes de passage glissaient le long des flots, laissant derrière elles un sillage ambré. Les serpents, les oiseaux, les poissons, les caïmans, les coqs, les poules, les chèvres, les abeilles, les papillons, tout le monde de la nature était au rendez-vous du recueillement, un membre de la communauté entrait dans le voyage de non retour. Tout était silencieux dans cette nature qu'elle ne reverra plus jamais. Sa tombe fut préparée avec délicatesse à côté du rocher, seul endroit digne d'accueillir Siliki. Cette demeure où, souvent, toutes les deux passaient des heures à rêvasser devant l'eau, désormais Ada y passerait du temps seule. Comme Ada a fait enterrer Siliki autour du rocher vers le marigot, non loin de leur demeure, elle passe beaucoup de temps là, avec elle, son esprit reste auprès de son amour Ada. Puisqu'elle vit, elle porte l'habit de leur amour, le seul habit valable de leur dignité. La blessure qui à peine cicatrisée, saigne à nouveau, lui fait très mal, Ada souffre. Il y a des moments où Ada contemple la mort, elle songe à la mort doucement, exactement comme l'horloge qui marque le temps : chaque seconde, minute, heure qui passe, laisse le poids de la solitude derrière. Toutes ses pensées se concentrent sur l'illusion de la communauté humaine. Ada se sent seule pour pleurer Siliki. Elle sait que toute la nature sera mélancolique, mais sa mélancolie à elle sera archaïque. Sa mélancolie touche à quelque chose de beaucoup plus profond. Elle a quand même perdu son seul amour, la douce Siliki partie dans le silence, le silence des morts. Elle lui parle souvent du silence, mais celui des vivants. La tristesse envahit Ada au fur et à mesure que le jour s'étire. Elle nage dans un ensemble de souvenirs, de beaux souvenirs d'amour avec une femme sans jambes, puante dans ses haillons. Ada pense à ces odeurs qui lui manquent déjà. Le corps de Siliki portait un aimant qui l'attirait vers elle, évaporé dans son corps inerte, peut-être. Ada est enrobée dans son monde, dans sa passion. Après tout, l'amour est, avant tout, une débauche de l'imagination. Durant les quelques semaines de l'absence de Siliki, Ada vit en compagnie d'un rêve, d'une vision qui ne la quitte guère.

***

Mourir parce qu'elle ne supporte plus la vie est une solution, mais assez lâche. Spécialement avec une destinée tracée au fond des ténèbres comme la sienne, Ada devait vivre. Elle doit tout simplement continuer à casser plusieurs clivages. La soumission, même symbolique, reste la règle du jeu. Siliki l'a initiée, pliée et dépliée comme une liane. Maintenant, elle doit consommer l'acte, c'est-à-dire faire ressortir toute cette intériorisation. Tout ce qu'Ada a, c'est son corps, sa seule résistance, rien ne peut changer cette marque. Dès lors, elle comprend la valeur des choses auxquelles elle n'attache guère d'importance. Siliki lui a appris le corpus classique, entre autres les langues, la lecture, la peinture et bien des secrets de la culture traditionnelle *Mafa*. Siliki ne demande jamais l'avis d'Ada, elle la projette dans l'acte comme son inscription l'y invite. Elle dresse des listes de textes classiques qu'il faut connaître pour une certaine survie. Elle prend souvent un air ironique quand elle prononce ce mot : la survie. Comment survivre ? Le processus lui semblait interminable, mais avec Siliki, il ne s'agit pas de questionner le défi, car ces femmes sont toutes les deux un défi et il se constitue avant même qu'on prenne conscience de ce que c'est qu'un défi. Ada reproduit tous les gestes avec perfection, peut-être que l'amour contrôle tout, en tout cas, il y a un œil quelque part. Souvent, d'une moue grimaçante, le regard de Siliki guette Ada longuement. Siliki maîtrisait certaines langues étrangères qu'elle avait en retour apprises et fait répéter avec soin à Ada. Lorsque Siliki lui apprenait à lire, tout devait être parfaitement respecté, chaque intonation surveillée, placée à temps : il y a une harmonie de la convention qui ne peut être touchée, exactement comme au théâtre, si l'on veut que le rôle atteigne son plein effet. Pour lui donner un exemple concret, Siliki lui avait conté une histoire qui était en fait un secret qu'elle devait par la suite comprendre, garder et subtilement en bénéficier un jour et finalement le transmettre à une autre femme.

« Dans la tradition *Fulani,* c'est-à-dire la tradition des parents de Siliki, toute jeune fille doit prouver sa virginité à la société secrète des femmes, bref, à l'ensemble de la culture. Pour les mères, c'est le drame: un sérieux affront si elles sont trahies par leurs filles. Élevées dans un milieu où le viol et l'acte sexuel se confondent, les mères soucieuses de la double honte qui peut détruire la famille donnent toutes sortes de conseils à leurs filles. En somme, voilà un itinéraire on ne peut plus typique de la vie d'une jeune fille. Dans mon cas, je fus dépucelée stupidement lors d'une dispute familiale car la vertu chez nous reste une nécessité. Faire l'amour ou être violée, comme dans un moule, ces deux concepts fondent l'un dans l'autre et personne dans le village ne comprend clairement la différence. De temps en temps, on parle de viol, seulement quand un vieux viole la petite nièce de cinq ans. L'une de mes sœurs, victime de l'un ou de l'autre, elle-même ne sait point les distinguer. Dépucelée par un voisin ne se dénonçant pas, mon père demande la performance de la vérification sur toutes les filles vivant sous son toit. Dans mon cas, la banane alla très loin dans mon corps et me déchira sans peine. Quelle barbarie, être dépucelée en public par une banane. L'acte est ainsi commis, voyant tout ce sang qui sort de mes jambes, mon père baisse les yeux avec beaucoup de peine mais sans honte. Mais moi, j'ai tellement honte devant toutes ces personnes que je sens mon cœur s'arrêter un petit instant. Prise de honte devant cet acte de viol collectif, je sais que je viens d'être mutilée, toujours mutilée exactement comme toutes les femmes de notre culture, et le mutisme à ce sujet me gagna pour toujours.

***

Mais ma mère nous a soufflé la puce à l'oreille. L'épingle à nourrice est votre sangsue, elle ne vous quitte pas, vous ne la quittez qu'après utilisation. Il faut être conscient que dans le rituel, ce qui compte c'est faire semblant, l'acte devient symbolique. Alors la nuit, pendant que mon mari lui, persuadé du rituel qui consiste à s'envoyer en l'air dans un mélange de douleur et de plaisir, je m'enfonce, moi, dans ma chair qui ne ressent ni la douleur ni le plaisir mon épingle à nourrice dans différents endroits de mon corps pour produire du sang. Je m'enfonce cette épingle dans mes doigts, mes bras, mes jambes, ça n'a aucune importance, car le lendemain matin, je serai drapée jusqu'au cou et personne ne verra mon corps. Du sang, il y en a eu et bien sûr, ma mère et moi fûmes honorées dans notre représentation de femmes *Fulani*, ne plus être dépouillées de toute dignité humaine, voilà où se trouve l'enjeu. Tous ces souvenirs doivent être inscrits dans les *guillemets* exactement comme notre histoire, son absence signifie la destinée. Les marges blanches, le vide de l'espace où figurent les efforts d'une certaine conscience, conscience qui s'élance allègrement à l'assaut du monde, fuyant les contradictions et l'ensemble des gestes symboliques pour représenter cette histoire. Or, tout ceci ne peut se comprendre que comme une faille de l'étrangeté de l'histoire humaine et de son désordre. L'histoire reste catastrophique. Chacun doit la reconstituer à sa manière, succinctement, rajouter, recoller les mots, les bouts de phrases entre les guillemets et ainsi de suite jusqu'à l'infini.

Ada repense aux histoires de Siliki et à comment elle les écoutait souvent sans faire de commentaires. Comme au mauvais tournant, la tête d'Ada doit se cogner contre sa solitude habituelle. Il n'y a aucune raison pour que quelque chose ne change. Ce n'est que la mélancolie d'une journée grise, les journées se terminent et s'effacent dans le néant comme la mort. La mort symbolique de ces journées tristes touche profondément Ada. Elle se sent mourir dans sa solitude. Cette fois, elle se retrouve vraiment seule, sereine, assise sur le rocher à côté de la tombe de Siliki, elle vient d'y déposer un joli bouquet de fleurs. Les fleurs lui font plaisir car elles contiennent les odeurs naturelles, les encens qui la pénètrent jusqu'aux sources, au-delà des profondeurs du mystère d'une vie. Siliki dit souvent que la source est le vrai combat, celui de l'empire de l'imagination déréglée, celui qui déborde de tous les autres combats qui régissent ce monde. La source, c'est un trouble étrange, qui envahit le for intérieur. La source, c'est un plaisir, c'est une tristesse, sentiments qu'on éprouve seul dans le creux des profondeurs. Dans le cas d'Ada, c'est une haine qui éveille sa cicatrice, à peine guérie, elle saigne à nouveau. Les larmes lui couvrent le visage, quel vide sans Siliki ! Les sanglots étouffent petit à petit Ada. Un jour, elle sait qu'elle ira rejoindre sa bien-aimée. Si le silence devant le désespoir reste présent, il n'est pas surprenant que le Verbe devienne l'autre clé de son versant, son destin. Alors, Ada écrit des petits messages qu'elle lit pour Siliki. La lecture qu'elle fait pour Siliki lui rappelle leurs moments ensemble. Ceci la rassure en quelque sorte car non seulement, de cette manière, elle se plonge dans les délices de l'écriture, mais elle peut aussi lui transmettre toutes les douces pensées qui se glissent dans son écriture qu'elle travaille soigneusement avant de la lui porter. Les mots tissent le noyau de l'amour, plus intimement que la lumière ne tisse le jour. Les mots débordent de tous côtés, celui du projet et celui de l'acte même de l'écriture. L'écriture est une déviation, elle fait souffrir bien que cette souffrance procure une jouissance certaine. On est plus victime de la souffrance, spécialement quand il s'agit d'une certaine maîtrise, la maîtrise de la langue de l'autre.

Lorsqu'Ada agence les mots pour leur donner le propre de leur substance, c'est-à-dire le vide qui enfante la parole, sa tristesse se confond avec un bonheur qui l'incite à produire plus de beaux textes qui laisseront des traces pour sa Siliki, celle qui sut vivre des profondeurs de l'âme. Certains jours de désespoir, dans les fins d'après-midi chaudes, elle rassemble un joli bouquet de fleurs qu'elle lui porte avec un petit texte qu'elle lui lit avec beaucoup de peine. Car souvent l'émotion étouffe ses paroles : « *Le regard d'une aveugle de naissance, qui jamais ne s'est regardée dans un miroir, jamais ne s'est mirée dans le regard d'une autre, le visage d'une aveugle est le seul qui soit pur de toute comédie, de toute complaisance. Or il met, le plus souvent, mal à l'aise. Heureusement, cette femme aveugle a le regard profond de l'âme qui comprend.* »

En rentrant au réduit, elle marche lentement pour profiter des merveilles du soleil couchant. Le domaine est beau et paisible. Dans le sentier tranquille, la lumière est devenue plus claire et il y a un soleil timide de fin de journée. Les oiseaux m'envoient des cris de salut dans le lointain. Le réduit est silencieux. La petite lampe projette ses rayons de lumière dans le petit espace entièrement mutilé par le silence. Ada s'enveloppe d'un de ces multiples pagnes que Siliki avait entassés sur une pierre. De tous ces pagnes, elle sort celui sur lequel elle a peint figures et marques différentes. Elle caresse un bout de ce pagne longtemps, longtemps, longtemps avec des gouttes de larmes qui, de temps en temps, se glissent entre les doigts. C'est affreux de se rendre compte qu'il faut parler au passé à présent. Ada vacille entre le passé et le présent. Je l'aime, Siliki, non, je l'aimais. Mais je l'aime de toute façon. Quel déchirement dans mon cœur ! La perte reste là et quel que soit le temps qui passe, cela ne change pas le drame. La cicatrice d'Ada à peine guérie, saigne à nouveau. Cette blessure reste, elle lui rappelle que cette personne tellement aimée est maintenant absente. Tout dans le réduit signifie cette absence. Ada se sent dans un gouffre, celui de l'indissociable violence de l'amour et de son impuissance. L'obstacle dans toute cette aventure reste l'impuissance ou l'impossibilité. La fatalité. Un mot dangereux. Le danger est inévitable, c'est le conflit. Le désir d'action d'Ada la rend ivre, mais que peut-elle réellement faire ? Cette idée lui est devenue insupportable, certes, Siliki l'a laissée seule. Toute seule dans un vase clos d'où elle ne sort plus jamais. Ada se réveille étonnée, parfois effrayée, mais elle refuse le souvenir des rêves où règne l'interdit.

***

La lune pleine brille et répand sa clarté aux alentours du réduit. La lumière de la petite lampe à pétrole lui tient compagnie ainsi que le mélange de toutes les odeurs lui rappelant Siliki. Effacer le souvenir de la tendresse lui paraît impossible. La douleur lui brûle le corps, le mutisme la pénètre et lui laisse le goût du rien dans cette bouche inerte. Son corps est lourd de douleur, elle ne sent que des titillements dans les doigts. Elle a l'impression que le vrai goût, celui des épices piquantes qui déchire le corps, s'infiltre dans ses doigts et la trouble aussi profondément que ce vide laissé par la mort d'un être cher. Ses doigts, qui la nourrissent de ces fruits de la vie, sont coagulés. Elle se sent lourde. Elle a des courbatures dans tous les membres.

La fascination et l'horreur que le passé de Siliki évoque, en fait que sa vie entière m'inspire, ne viennent pas tout simplement de sa personne, mais de l'ensemble de l'énigme rattachée à cette autre qui est aussi moi-même. Assumant toute la mimique de tous les jours, elle a réussi, de sa façon unique, à problématiser son rôle d'actrice dans la comédie de la société *Fulani* et ensuite dans celle des *Mafa* où son âme se repose à présent. Son histoire est marquée dans les guillemets de celle qui inclut des traces de la salissure invisible, effacées du corps mais présentes à l'esprit, et que Siliki fait réapparaître ailleurs, précisément où l'interdit pose son souffle : l'esprit, la mémoire.

Dans une expression d'amour, Ada se plonge des heures et des heures dans les écrits que Siliki a laissés. Comme sa mère, Siliki écrivait sur tout ce qui traînait, tout ce qui pouvait absorber l'encre sans la faire disparaître. Voilà pourquoi le soleil était important pour elle. Le soleil faisait tout. Effacement et réinscription de toutes traces embellissent la charte de notre récit. Femmes pratiques et sages : incruster les mots, les paroles, les signes partout où le néant laisse son tragique, l'indifférence ne peut nullement permettre l'oubli. Comment peut-on oublier tous ces événements qui marquent notre temps ? C'est ridicule d'établir une liste, elle est grande et ne mérite pas d'être escamotée, l'histoire même se charge de ses propres avenues. Ce qui signifie le symbole du mouvement de libération de la femme, c'est sûrement sa prise de parole sous toutes les formes. Siliki, avec sa plume fuyante, aiguisée par sa méfiance révélatrice, sa révolte perpétuelle, avait illuminé les marges entre les rêves de certains et les réalités d'autres : elle a écrit, mais lucide dans ses actions, Siliki se méfiait de la défaillance du racolage de cet acte qu'est l'écriture.

Justement, on rajoute trop de modifications et les guillemets qui deviennent très encombrants, gênent même à la lecture. Se taire et courber l'échine, voilà ce dont sont capables les femmes *Fulani,* face aux signes de menace qui les guettent.

Il fait frais dans le réduit, le vent souffle assez fort, des grondements assourdissants retentissent, tout semble très agité, un orage menace ; absorbée par ses lectures, ses pensées vagabondent dans les textes et Ada voyage, se projette dans des contrées ineffables. Soudain, un vent violent se met à souffler entre les arbres, ce bruit de craquement interminable l'arrache à ses lectures. Cambrée sur le banc, elle se met à pleurer son amour. Elle n'arrive même pas à se noyer dans de beaux souvenirs si proches d'elle. Le réduit n'a pas changé depuis la mort de Siliki. Ada veut tout garder en position initiale. Tout est morne et triste. Immobile et confuse, elle se glisse dans leur nid d'amour, les vieux pagnes de Siliki sont tout chauds, seuls témoins de sa solitude. Dans son for intérieur, elle sait que l'amour de sa douce amie la protège. Une légère atmosphère de douceur l'envahit, alors, elle décide de lire les poèmes écrits par Siliki.

***

Flot déferlant d'images qui émoustillaient mon corps. Oh ! De la poésie en pidgin et pourquoi ? Ada peut lire quelques mots, mais pas l'ensemble de ces poèmes. Le pidgin se parle, mais elle ne savait pas qu'on pouvait en fait vraiment écrire ce dialecte. Siliki reste la surprise même. Même après sa mort, elle continue à m'intriguer. Il y a sûrement une explication. Elle se dit souvent qu'il faut toujours douter des fuites gratuites. Elle signe ses poèmes par "Silk" et ses textes par "Like", quand elle n'oublie pas de le faire, car, il y a trop de bouts de textes sans destinataire, ni nom, ni signature. Dans une belle description, elle a écrit le récit de l'histoire de sa mère qu'Ada essaye à son tour de rétablir ici, bien sûr avec la mauvaise conscience de la traductrice qui s'approprie le discours de l'autre. Les poèmes de cette libellule de Siliki, très légère et inspirée, ont des ailes, entièrement magiques, ils transportent Ada dans des contrées colorées et chatouillent notre imagination à agir. Ada continue ses lectures. Elle va de découverte en découverte, son expérience s'enrichit tous les jours, malheureusement, elle en jouit toute seule.

La curiosité empêche Ada de vaquer à d'autres occupations. Elle passe ses journées dans le réduit à lire les notes que Siliki avait enfouies partout dans les objets qui se trouvaient dans leur réduit. Elle découvre une histoire qui lui plaît énormément. Elle éprouve tant de plaisir à lire cette histoire qu'elle se retrouve encore dans les nuages des pensées de Siliki. Comme il fait chaud ce matin, elle sort du réduit avec l'histoire qu'elle va lire pour Siliki. La lecture des écrits de Siliki a changé sa vie. Il y a quelque chose de très étrange dans la lecture. Ses frères savent lire puisqu'ils sont scolarisés comme tous les garçons de la cour de son Baba. Ses frères ont essayé de lui apprendre à lire et à écrire sans trop de succès. Il faut dire qu'à la cour de leur Baba, ce genre d'activité est peine perdue. Mais avec Siliki, elle finit par apprendre la nécessité même de l'acte de lecture qui encourage celui de l'écriture. Elle est toujours devant le réduit quand toutes ses pensées se bousculent dans sa tête. L'air du matin est frais. Tout, autour de la demeure, reste calme comme s'il fallait célébrer un hommage particulier. Ada tourne autour du réduit pendant quelques minutes pour respirer l'air du matin et ensuite se dirige vers la tombe de Siliki où elle s'installe pour lui faire la lecture de ce texte qu'elle aime tant. En fait, le texte écrit par Siliki.

***

Au milieu de belles prairies se trouvait un beau domaine. Des palmiers élancés entouraient de nombreuses cases comme des gardiens vigilants et aguerris. Les bananiers remuaient solennellement leurs grosses feuilles déchiquetées au souffle de la brise. Une demoiselle missionnaire chevauchait dans un sentier étroit, au milieu des hautes herbes. Elle voulait aller, ce jour-là, au clos du secrétaire privé du roi, pour lui parler, à lui et à ses femmes, des choses de Dieu. Elle était enfoncée dans ses pensées, car elle savait que ce domaine était connu dans tout le village comme une forteresse du paganisme, de la superstition et de la sorcellerie. Cependant, le propriétaire était un homme intelligent qui vivait selon les principes rigoureux de la tradition Fulani.

Il possédait une grande et belle propriété avec une trentaine de femmes à sa disposition. Jamais il ne mangeait ni ne buvait sans sacrifier d'abord quelque chose de ses aliments et de son vin de palme aux esprits des morts. Dans sa belle chambre garnie de toutes sortes de décorations offertes par ses femmes, il y avait près de sa natte un creux dans la terre qui représentait un plat pour mettre les sacrifices aux morts. Lorsqu'il se lavait les mains avant le repas, il mettait régulièrement de la bouillie de maïs, de la viande, et de la sauce d'huile de palme dans ce plat de sacrifices et versait un peu de vin de palme dessus en disant comme prière : "A ceux qui sont sous la terre et aux Dieux !" Il vénérait beaucoup de Dieux. Chaque arbre et chaque buisson étaient habités, selon lui, par des êtres surnaturels, et le murmure des sources et des ruisseaux lui semblait être le langage du Dieu des eaux. Il respectait énormément le Dieu des eaux, particulièrement de la pluie, à cause de ses divers champs. Sur ses champs, des êtres divins prenaient leurs ébats, et il préservait son domaine de leurs maléfices par des fétiches qu'on pouvait voir au-dessus de chaque porte. Il ne connaissait aucun Dieu bon et bienveillant. Tous ceux qu'il vénérait étaient des êtres méchants, fourbes, cruels, qui tourmentaient les humains en leur envoyant soucis, maladies et malheurs dans leurs champs et dans leurs maisons.

Parmi les nombreuses femmes de ce pauvre homme, une dizaine s'était convertie au christianisme et avait été baptisée depuis quelque temps. Il n'y avait mis aucun empêchement, ce qui était étonnant ; après tout, peut-être qu'il les aimait et leur donnait un peu de liberté ou tout simplement son principe religieux tenait debout, car il croyait fermement qu'il y avait plusieurs Dieux. Les chrétiennes avec leurs étoiles sur la tête n'avaient pas la vie facile dans son domaine car les autres femmes se moquaient d'elles et leur rendaient la vie amère par tous les moyens. La sœur Gertrude le savait et c'est pour cette raison qu'elle rendait souvent visite à ces femmes. Sœur Gertrude était toujours cordialement reçue dans le domaine, c'est le propriétaire lui-même qui conduisait la petite dame blanche dans le jardin derrière sa maison et appelait ses femmes chrétiennes. Presque toujours seules les baptisées venaient, les autres trouvant un prétexte quelconque pour s'abstenir de la propriété. Les moments passés avec les chrétiennes étaient assez agréables et bienfaisants. Sœur Gertrude finissait toujours ses visites par une phrase si solennelle et répétitive : "Que la paix soit avec vous mes filles, Alléluia."

Petit à petit, sœur Gertrude pénétra profondément dans la vie des femmes chrétiennes de ce domaine et obtint la permission de les faire sortir pour diverses activités à la mission. La mission catholique se trouvait en haut de la colline qui dominait le village. Un domaine plutôt sympathique, entouré de jardins entretenus par des milliers de chrétiens humiliés par la foi. Un petit ruisseau coulait le long des rochers géants qui étouffaient les cris et les pleurs s'échappant du village souvent en crise. La terre était très fertile autour de la mission, les papayers, les manguiers, les avocatiers, les orangers, les citronniers, les palmiers, les pruniers et les cerisiers aiguisaient l'appétit à tout moment tellement les fruits formaient un champ coloré de l'ensemble des fruits exotiques.

Les visites des chrétiennes à la mission devenaient régulières. Sita Sophie, l'une des femmes surnommée "gazelle" à cause de son long cou, allait à la mission presque tous les jours et y passait des heures interminables. Sita Sophie représentait la fresque de la conquête chrétienne, elle se métamorphosait rapidement, pire qu'un caméléon, elle fut bientôt surnommée "Caméléonie" par ses coépouses jalouses et envieuses. Car les femmes dans cette demeure étaient vêtues de longues robes droites assez amples qu'elles portaient souvent avec beaucoup de grâce, avaient les pieds déchaussés et, comme coiffure, un grand mouchoir plié en coin et enroulé avec fantaisie autour de la tête. Or Caméléonie, tous les jours, changeait de foulard que la sœur Gertrude lui filait en douce. Il n'y avait pas que les foulards qui participaient à la métamorphose de "Caméléonie" mais toute son attitude : elle semblait légère, épanouie dans son sourire, son regard de "gazelle" endormie s'adoucissait de jour en jour. En la voyant, on voyait l'amour dans ses yeux, l'ivresse de plaisir dont jouissait son corps la rendait belle et délicieuse à croquer. Sita Sophie n'évoquait pas une femme mais quelque animal réputé pour sa modestie : une génisse. Elle souriait poliment mais visiblement abasourdie par les plaisanteries lourdes de ses coépouses soucieuses de son caractère impénétrable.

Mais sa discrétion restait la clé de tous ses mystères. Elle passait surtout beaucoup de temps avec sœur Gertrude. Ces deux femmes avaient noué une amitié particulière. Elles allaient désormais prêcher la bonne nouvelle ensemble. L'une habillée en grande robe bleue teinte par les rudes saisons sèches ; l'autre, sous une gandoura brodée de couleurs vives. Légères, elles avançaient dans les sillons des champs comme des papillons. Tout au long du chemin, dans ces grands champs, elles faisaient toutes sortes de choses amusantes que l'on prête aux amoureuses. Caressées par le léger vent chaud de l'après-midi, elles restaient allongées dans l'herbe à se chuchoter des choses douces ; tout doucement, leurs mains se glissaient sur les seins, sur le ventre et plus bas jusqu'au toucher du coi. Elles riaient gentiment du plaisir que ce toucher leur procurait. Elles se cachaient bien dans l'herbe pour que les passants ne surprennent pas leurs jeux d'amour et de séduction. Sœur Gertrude, d'origine hongroise, avait passé son enfance en Hongrie, ensuite au Canada où elle avait décidé après ses études théologiques de partir pour l'Afrique noire. Sœur Gertrude avait une passion si particulière pour Sita Sophie, cette femme à l'allure féline, qu'elle finit par l'enfermer dans les ténèbres de son cœur. Elle lui donnait des leçons de lecture, d'écriture, de peinture, de musique, de couture et de sexualité. Sœur Gertrude reproduisait toute son éducation sur ladite Caméléonie. Rapidement, à cause des sentiments forts qu'elles éprouvaient l'une pour l'autre, toutes les deux avaient développé un rythme de travail très assidu. Elles passaient des journées entières à la bibliothèque de la mission. Sœur Gertrude apprit d'abord le grec et le latin à Caméléonie sans trop de succès, mais au moins elle développa quelques notions des débuts d'une éducation bien classique. Rien ne s'évapora de sa méthodologie occidentale, « c'est le chemin à suivre, celui des maîtres de ce monde, le grec et le latin te seront très utiles, car c'est la clé des textes sacrés ». Il n'y avait aucun mystère dans cette démarche, cette théorie restait fluide et sœur Gertrude, si raffinée dans son approche scolastique, était persuadée du bien qu'elle faisait à l'humanité. Les remarques venant de sœur Gertrude étaient souvent cyniques, les impressions singulières, les expressions décousues et indéfinies de sa pensée motivaient Caméléonie à percer le mystère de cette aventure évangélique. Sita Sophie soit Caméléonie selon ses coépouses, avait à peine 14 ans lorsqu'elle fut mariée, en échange d'une forte dot, au propriétaire de la superbe demeure, l'ermite esseulé du monde où sœur Gertrude fut attirée un jour. Sita Sophie vivait dans la tristesse totale, malgré le ciel limpide qui éclairait ses journées. Il lui manquait presque tout, l'amour, la tendresse, ses parents, même une partie de son corps, comme toutes les jeunes filles de son village, elle avait subi l'infibulation sans trop contester.

C'était la première fois que sœur Gertrude touchait un corps de femme sans clitoris. Et c'était la première fois que Sita Sophie jouissait sexuellement. Sœur Gertrude était si triste pour Sita Sophie qu'elle essayait de lui procurer d'autres formes de plaisir qui finirent par épanouir sa compagne. Lorsque sœur Gertrude, comme un soleil brûlant, lui sourit à travers la bonne parole, la luminosité de cette parole projeta clairement dans la tête de Sita Sophie ce long film silencieux qu'avait été sa vie jusqu'alors ; que de grandes vagues d'angoisse et de tourments intérieurs ! Les sensations d'humiliation restent confondues. Sœur Gertrude ne se passait plus de Sita Sophie, sous sa grande robe grise de bonne sœur paumée dans les champs fleuris, ses sandales blanches couvertes de poussière où se dessinaient les petits pieds bien bronzés, susurrant timidement, elle errait dans les rues du village Fulani à la recherche du regard de la Caméléonie, celle qui portait désormais le nom de son énigme : le malaise de vivre ses sentiments. Il arrivait que Sita Sophie soit punie par son mari qui l'enfermait ou lui assignait des tâches difficiles comme puiser de l'eau à des distances lointaines et d'autres corvées dont il vaut mieux passer la description sous silence, tellement elles sont humiliantes pour toute femme. Le mutisme fait partie des mondes de violences immobiles. Sœur Gertrude l'accompagnait au fond du village puiser de l'eau, c'était un plaisir pour les deux car elles pouvaient s'amuser le long du chemin. Fuyant toutes les contradictions de leurs vies, elles pouvaient retrouver le calme que le paysage du chemin leur offrait. Elles restaient couchées sur l'herbe tendre jusqu'en début de soirée. Sous le soleil couchant, les soirées étaient longues et très douces. Couchées sur l'herbe, le début de la fraîcheur leur pinçait la peau des jambes nues, mais c'était aussi le signal du retour au village. Rentrant lentement au village, elles pensaient souvent aux conséquences de leur relation dans leurs deux milieux respectifs. Sœur Gertrude disait gentiment à Sita Sophie : « Ma douce amie, la chose vaut d'être contée. Abomination ! Désolation ! Scandale ! L'affaire est embarrassante. Elles sont deux femmes, l'une venant des pays enneigés, l'autre des terres ensoleillées. Que c'est morbide, deux femmes amoureuses l'une de l'autre, une blanche et une noire, le pire est qu'il se trouve qu'en plus de tout le scandale, l'une soit une sœur religieuse, porteuse de la grande mission civilisatrice sous l'étiquette de l'Eglise catholique ! » Elles éclataient de rire et s'embrassaient en pensant à la nouvelle séparation qui les attendait à l'entrée de la mission.

La relation secrète de Sita Sophie et sœur Gertrude fut découverte, laissant des traces profondes et durables dans le village. Évidemment, sœur Gertrude ne pouvait en parler car c'était un sujet bien scabreux pour la mission catholique. Sœur Gertrude, en nettoyant sa chambre, accaparée par ses pensées, se chuchotait ces quelques paroles pénibles : « De toute façon, par le temps qu'il fait, on ne peut même pas sortir sans revenir éclaboussé de la boue légère mais tenace des commodités morales. J'ai pris mon parti, je vis ma sexualité. Il y en a qui n'aiment pas regarder leurs pieds quand ils marchent. Serait-ce donc une faute de porter le regard au loin alors que la plupart en sont à chercher ce qui manque à leur vie dans la plus pauvre cohérence sentimentale ? » Sœur Gertrude comprenait désormais la triste vicissitude de la vie et de tous les mécanismes complexes susceptibles de définir l'être humain. Mais tranquillement, elle rangea sa malle de livres qu'elle donna à Sita Sophie et disparut sans aucune étreinte de dernière minute. Au désir initial de glorifier leur relation par les émotions des adieux, elles furent plutôt sans émotions, tout devint obstacle. Sœur Gertrude quitta la mission sans paroles, sans larmes, les yeux fixés dans le vide, la gorge sèche et serrée, elle ne dégageait aucune émotion car l'angoisse bloquait tout. Elle se sentait vide. La douleur l'hypnotisait entièrement. La communauté catholique condamna son acte homosexuel assez sévèrement et la renvoya au Canada. Sita Sophie resta dans le domaine où la vie allait prendre toutes sortes de tournures violentes : elle avait commis l'acte le plus vil et par conséquent le plus humiliant. Souvent battue par son mari qui lui demandait un enfant, elle n'avait plus de mots pour ses prières qui ne retombaient que dans l'abîme.

Pour avoir tant prié sans résultat, pour avoir perdu son amour sans aucune explication, le doute s'installa désormais dans sa vie. Comme dans des rêves lointains, elle entendait souvent des sons et le murmure de langages inconnus, qui lui prophétisaient de doux messages. Son désespoir était réel car son isolation dans le néant devenait exaspérante pour sa petite personne. Quand la décision fut prise de la jeter dans un village de fous, elle tomba enceinte. Sa grossesse l'aiderait à effacer la honte et tout se passa dans la norme des coutumes de son mari. Elle eut une fille qu'elle nomma Siliki qui veut dire soie en dùala, ce tissu si fragile et rare. L'entretien de la soie demande une certaine précision, voire même une certaine délicatesse de l'âme !

***

Ainsi Siliki recouvre tous les secrets de sa mère qui mourut dans le chagrin en laissant à sa fille le trésor de cette terre : le savoir qui mène à l'initiation de la recherche de son propre chemin. Sa mère lui a conté cette histoire sur ces morceaux de papiers, de lettres, comme une preuve de son amour. Il est impossible de savoir comment Siliki a acquis tout ce savoir laissé par sa maman. Ada ne sait ni comment Siliki atterrit dans le village *Mafa,* ni la cause de son handicap physique, ni où se trouve sa fille Affi. Ada est embarrassée par sa curiosité. Elle veut savoir. Elle ressent ce désir comme un droit, une nécessité dans sa vie.

Décrire ses lectures des écrits de Siliki et de sa mère, c'est simplement décrire le sillon de la vie monotone des femmes autour d'elle. Sous la pluie, leurs pagnes prennent des couleurs tristes, sombres, exactement comme la tristesse de leur vie, celle qu'elles conjuguent à tous les temps du silence, vérité désagréable de leur vie. Ada pense à Siliki tout en pleurant. Elle pleure de ne pouvoir la revoir. La douleur la couvre comme cette pluie qui couvre les arbres, les maisons, les gens sans parapluie. Sur elle l'eau glisse comme si elle portait un imper rare. Oh! la douce Siliki, Ada te pleure dans son cœur comme il pleut sur la nuit où s'échappent les chagrins.

Il tombe une pluie légère qui nettoie les plantes et les fleurs qui souffrent du soleil et de la poussière de la journée. Tout doucement, Ada distingue le bruit des gouttes s'échappant des feuilles. C'est la saison pluvieuse, toutes les fois qu'il pleut, Ada a la vive impression que l'eau pourrait l'emporter au cœur de ses propres recherches internes. L'eau coule dans les marécages avec une rapidité incontrôlable, celle qui donne des vertiges aux femmes enceintes. Elle transporte dans son long voyage tout ce qui traîne. La saison des pluies emporte avec elle les soirées mélancoliques où seules les gouttes d'eau cassent le silence. Ada apprécie l'humidité des soirées qui la jette dans un sommeil profond, quelquefois cosmique. Inconsciemment, elle aime la douceur et la violence de l'eau. Ada a souvent l'impression que la vie se dilue dans l'immobilité de l'eau. Sous la pluie, elle s'oublie, se perd. Avec les sensations qu'elle ressent sous les effets de la pluie, elle comprend mieux sa douce amie Siliki qui passait des heures dans l'eau à nager, à rêvasser dans ce marigot mystérieux. Pour elle, c'est cela vivre, pour elle, c'est la vie, se perdre dans l'immensité de l'eau, c'est vivre et retrouver son âme dans le sillon d'une certaine harmonie.

Ada

Des fruits montent de l'abîme, tout doucement vers Ada, et silencieusement elle en respire l'arôme sans ouvrir ni même les yeux, ni même la bouche, ni même les mains qui s'étirent fermées en poings. Comme un petit chat plein de grâce, elle étire ses bras, ses jambes et le reste de son corps. Elle a pourtant dormi à poings fermés, mais elle reste encore toute retournée par son expérience de la visite du boui-boui Garba. Dès qu'elle pense à la gardienne et ses charmantes paroles, franchement, elle hésite à retourner à ce boui-boui et pourtant elle doit y retourner. Elle continue son errance dans ce village, debout, assise, allongée. Elle erre comme un oiseau perdu dans les cieux. La terre mouillée par la pluie dégage une odeur naturelle que respirent profondément les villageois. Le village se recueille dans sa monotonie. Le désespoir et le silence de ce village se filtrent dans les émotions. Ada se sent si fatiguée de chercher une voie incohérente qui ne promet absolument rien, aucune piste d'espoir. Anxieuse de tout, les pleurs couvrent régulièrement ses joues. Ada se sent lasse de cette complexité de s'engager à fond dans le refus. Le mutisme compose la réalité de la vie quotidienne dans ce village. Quelle douleur pour des vies si fragiles au fond !

Après moult tracasseries, Ada ne se lasse pas, au contraire, la force lui vient d'on ne sait où. Elle pense à l'asphyxie mentale, qui éveille en elle quelque chose de très fort. La lutte. Il faut lutter et cela veut dire retrouver Affi pour retrouver sa Siliki. Ada pense alors aux différentes possibilités qui lui semblent visibles. Ses journées s'allongent avec l'ennui. Elle parle à tout le monde qui lui passe sous le nez. Finalement un jour, un jour comme les autres, sans aucun signe d'espoir, elle marche seule, toute seule et perdue dans ses pensées lorsque deux femmes l'abordent. Elles se mettent à bavarder, toutes les deux à la fois et très rapidement. Ada, elle, écoute sans toutefois réagir. C'est intéressant d'observer les gestes de ces femmes qui accompagnent leurs paroles. Coincées dans leurs pagnes qu'elles ajustent autour de la taille, elles lui font penser aux femmes dans la cour de son Baba quand elles se chamaillent. Il faut les voir à l'œuvre surtout quand le pagne glisse tout d'un coup de leurs reins et qu'elles se retrouvent à poil devant les gens de la cour. L'éclat de rire qui s'envole de la foule arrête la dispute. La voilà alors devant deux femmes inconnues de son monde à elle et qui lui remplissent la tête avec du bavardage vide. Elles parlent, parlent, jusqu'à perdre leur souffle. Et Ada, elle, écoute. Elle revoit le spectacle de la cour de son Baba. Tout ce spectacle la projette sur les scènes tristes qui marquent sa jeunesse.

Il fait tellement chaud que les visages de ces femmes sont couverts de sueur. Cette sueur où se reflète une luminosité particulière. Avec la chaleur, le visage des femmes dans ce village *Fulani* a tendance à produire une surface huileuse qu'il faut sans cesse essuyer. Toutes les deux s'essuient le visage avec la paume de la main et Ada toujours silencieuse, observe tous les gestes. Calmement, il y en a une qui la regarde droit dans les yeux et lui dit qu'elle veut lui parler du boui-boui Garba car elle l'a déjà vue autour de cet endroit. Elle lui explique que les villageois sont un peu inquiets de sa présence car ils la voient toujours seule et ils ne comprennent pas comment une jeune femme peut traîner seule. Toujours seule. Chez les *Fulani*, il y a rarement des femmes qui marchent seules dans les sentiers quelconques et même dans le village. L'une d'elles parle toujours : « Mon amie et moi avons donc pensé qu'il semble utile de t'aborder et discuter avec toi. Si tu veux, nous pouvons t'aider car entre femmes, on se comprend. Mais il faut que tu parles et que l'on comprenne ce que tu veux autour de ce boui-boui. Surtout ne t'inquiète pas, fais nous confiance ». Moi, j'écoute toujours dans le silence et j'observe attentivement tous les gestes. Rapidement, je respire très fort et je commence à expliquer ma situation, mes désirs et mes douleurs. Elles écoutent sans rien dire cette fois et je parle, parle sans vraiment respirer. Les mots coulent de ma bouche comme une source d'eau. L'une d'elles me fait comprendre que ce n'est pas une situation si difficile à résoudre car elle travaille avec les gens de l'extérieur, c'est-à-dire avec les occidentaux qui viennent dans ce village pour faire de la recherche. Le boui-boui Garba a une réputation au-delà des mers et des océans, un vrai jardin fertile pour la recherche des secrets. Évidemment, je ne comprends pas ce qu'elle me raconte. Je n'ai jamais entendu parler de ces chercheurs. Alors elles se mettent à m'expliquer comment ça se passe avec les chercheurs occidentaux.

Régulièrement, les experts occidentaux en anthropologie, en linguistique, en histoire, s'aventuraient dans ce village. Eux, ils avaient le droit d'observer les différents bouis-bouis du coin pour leurs recherches académiques et ceci afin d'enrichir le registre des connaissances sur d'autres cultures. Les abus engendrés à tous les niveaux me rendent vraiment inquiète. Nos pays, nos villages continuent à vénérer les prouesses des réussites des cultures occidentales. Eux, ils pouvaient transgresser tous les codes de nos coutumes, ils avaient l'excuse d'être étrangers et chercheurs, mais pas nous. Nafi cette fois me parle avec beaucoup de passion. Sula et moi écoutons sans l'interrompre. Nafi est très jolie, elle fait plaisir aux yeux. Cette beauté naturelle qu'on retrouve de temps en temps dans les villages africains. Elle a une voix grave mais douce qui respecte le rythme de ses phrases. Nafi me fait comprendre qu'elle s'occuperait de ma situation et sa meilleure amie Sula l'aiderait car elles font tout ensemble, même si les ancêtres n'approuvent pas. « Mais heureusement pour nous dans ce village, nous portons le masque pour nous cacher. Alors écoute bien, ce n'est pas qu'au niveau symbolique, c'est-à-dire qu'il faut comprendre comment fonctionne le masque, c'est tout. De plus, nous sommes dans le jeu, toujours dans le jeu, alors jouons avec le minimum d'erreurs ». Sula et Nafi éclatent de rire, d'un rire incroyable. Elles me fascinent déjà tellement elles s'amusent bien ensemble. « Ada, ne t'en fais pas, nous, Sula et moi, dans ce village, sommes ce poisson des eaux douces. Les villageois nous tolèrent sans plus ».

***

« Nous allons te faire porter le vrai masque blanc pour t'infiltrer dans le boui-boui où se trouve Affi. Même s'il faut te blanchir la peau, nous avons tous les savons et les crèmes qu'il faut. Mais, chère Ada, tu es une femme noire avec les grosses lèvres succulentes, le nez aplati et les yeux sans cils en forme d'aiguilles démoniaques. Ce n'est pas l'imagination qui nous manque, mais il y a des choses qu'on ne peut point changer, alors il faut créer ». Voilà que Sula prend la parole et se met à vider son sac. Elle parle, parle sans souffler. Nafi et moi écoutons cette fois avec beaucoup d'attention. Sula me prend par la main pour m'expliquer sa frustration avec tout ce qui se passe dans ce village. Je sens la main de Sula dans la mienne car avec la chaleur, la sueur glisse entre nos doigts. Sula me fixe à son tour droit dans les yeux et me demande d'écouter avec attention : « Moi, Sula, j'éprouve une haine profonde pour tous ces mécanismes. Le consensus universel de porter atteinte à la dignité humaine, cet unique bel habit qu'on porte dans ce monde. La dignité. L'intégrité est une autre question. La douleur qu'on ressent n'a pas de mots, elle n'a peut-être que le silence proche de son âme et quelques traces visibles. Il faut être humble. Ce sont des grands principes qui intéressent tout le monde au niveau philosophique, mais quant à l'application concrète, le sujet reste et roule sur le tapis pour discussion. Je refuse cette logique terre-à-terre qui ne voit rien en dehors du cadre habituel, cette vie des damnés de la terre qui se plient et subissent sans espoir aucun. Sur ces pensées sordides, toutes les trois se dirigent vers la gare routière pour négocier avec les nouveaux arrivants dans ce village, paisible en apparence. Sula m'explique comment procéder pour s'infiltrer dans le boui-boui, mais j'avoue que je ne comprends pas bien toutes ses explications. Siliki m'avait tant appris sur la vie que je me sentais forte et présente devant des situations critiques, mais cette situation avec ces deux femmes dépassait mes limites. Toutes les deux me rendent très nerveuse.

Tous les jours à des heures irrégulières, des autocars venant de la ville voisine ramènent de temps en temps ces chercheurs occidentaux. Sula me trouve un peu molle, au point de perdre souvent son calme avec moi. Nafi, elle, me comprend et me dit qu'elle aime mon calme et ma mollesse. Toutes les deux, Sula et Nafi sont retournées au village après avoir passé tant de temps aux États-Unis où elles avaient essayé de faire fortune sans succès. Sula parle trop vite et souvent avec tant d'agitation que je ne comprends pas souvent ce qu'elle m'explique, mais je reste calme et molle selon Sula.

Toutes les idées sur comment procéder me semblent au point, mais il y a des détails importants qui m'échappent. Sula fait toujours des réflexions inattendues et moi, je suis censée tout comprendre. À la gare routière où nous nous trouvons toutes les trois, Sula parle à tous : des touristes, des missionnaires, des étudiants, des professeurs et des chercheurs de tout genre qui circulent. Ils vont et viennent, seuls leurs habits les distinguent des villageois. Sula tape un petit coup sur l'épaule de Nafi qui sursaute sur ses jambes. Sula lui explique comment sa haine est double et complexe. Nafi sourit et lui fait comprendre qu'elle le sait et qu'elle lui donne tout son soutien. Nafi, sous un visage tendu, explique comment elle déteste tous ces gens qui n'ont qu'un seul but, lui arracher sa seule belle robe : sa dignité. Sula attire mon attention en appelant mon nom très fort : « Ada ! écoute. Ada est-ce que tu écoutes ? » Sula parle de plus en plus fort : « En ce qui concerne les *Fulani,* leur confusion confirme l'aliénation, l'abîme de nos cultures. Puisqu'il en est ainsi, moi, Sula, je profite de cette confusion pour infiltrer Ada dans ce boui-boui. Si les étrangers ont droit à plusieurs visites et autant d'heures qu'ils veulent, alors Ada aussi y a droit aux mêmes privilèges et aux mêmes observations ». Nafi sourit de voir son amie Sula s'exciter sur ma situation.

Ada tremble à l'idée de connaître Affi à présent. Plus rien ne peut l'empêcher de joindre sa douleur à celle de la fille de Siliki. Ada n'a plus peur de rien !

À la gare routière, Sula aborde un couple, assez jeune, exceptionnellement sensible au décor et à la mise en scène de la gare routière. L'air ébloui par le brouhaha de tous les jours dans ces gares routières, le jeune couple reste planté sur place et baigné de peur par la réalité de nos gares routières. Le bruit des klaxons, les chèvres maigres, les poules attachées aux valises par leurs pattes, les mères soucieuses à cause de l'improbable de leur voyage et du soleil qui cogne les têtes de leurs enfants attachés dans leur dos, les hommes aux chemises cintrées et serrées à même la poitrine, affairés à toutes sortes de négociations pour les prochains voyages, montrent combien toute cette scène n'est point triste. Les autocars ou les taxis de brousse portent toutes sortes de graffitis et des écriteaux lisibles : « Signée la mort », « Roi de la brousse », « A bas la vitesse », « Le chauffeur est roi », « Vive la route », « Rose, c'est toi que j'aime », « Attention, chien méchant », « Chérie, approche car je ne mords pas », « Bruce Lee, le roi du volant », « Rocci court plus vite que son ombre », etc. Comme un chant d'oiseau qui retentit dans quelque forêt lointaine et qui surprend les oreilles, exigeant toute l'attention, ce couple d'anthropologues semble perdu dans tout le mouvement de la gare. À l'instant, ils ont des oreilles dressées à l'écoute, des yeux grands ouverts pour tout observer. L'intensité de la situation est telle qu'il faut faire attention à tous les gestes. C'est vrai qu'ils ont préparé leur séjour, ils se sont documentés sur la culture *Fulani* et l'Afrique de l'Ouest en général ; ils ont vu des documentaires sur les aventures africaines. Mais à présent, ils sont devant la réalité des événements, le réel n'est toujours pas transcendantal. Perdus dans les nuages comme ils sont, l'irréparable était déjà accompli.

Dans une voix douce et mielleuse, Sula prend la main de la dame en lui disant :

- Je suis d'ici, puis-je vous aider ?

Surprise de son intervention, un petit geste de tête accompagné d'une parole timide sort de la bouche de cette jeune femme :

- Nous sommes des chercheurs Américains, voici mon mari Steve et moi c'est Kate, et vous ?

Sula se présente avec un léger sourire, histoire de montrer qu'elle aussi utilise tous les matins la pâte dentifrice *colgate* qui garantit le sourire. Et, d'un ton assez cynique :

- Moi c'est Sula, elle c'est Nafi, mon amie et voici Ada.

Ada prend la parole comme si elle venait de se faire piquer par une guêpe :

- C'est le nom donné par ma mère que je ne connais pas. Je pense qu'elle est morte ; n'étant pas certaine, je la cherche partout et cette jeune femme que je dois retrouver dans le boui-boui Garba pourrait peut-être m'aider.

- Quelle indiscrétion ! lui lança Sula. Quel besoin a-t-elle de raconter sa vie aux inconnus ?

Ada reprend la parole et s'adresse à Sula :

- Écoute Sula, le désespoir me fait dérailler. Je sais quelque part que j'étais en train de perdre la raison car je me rends compte que je suis en train de dépasser les limites de ce qui est permis. Bon, je suis désolée Sula. Je vais me taire afin d'écouter ce jeune couple qui a tant de belles histoires à nous conter.

Toutes les trois écoutent le jeune couple Américain. Ada écoute bouche bée, tellement leur spontanéité la surprend. C'est Kate qui parle, car elle a la parole facile et s'exprime avec une certaine élégance. Nous voulons observer le rituel du mariage dans la culture *Fulani.* Victimes, ces pauvres femmes sont opprimées,

brimées par leur tradition ; il faut dénoncer cela !
Nafi, toujours souriante, parle gentiment à ce couple.

- Alors comme ça, vous êtes là pour le dénoncer ou faire vos observations afin de faire proliférer le registre du savoir occidental. Nous autres, pour le souci constant de l'intérêt commun, nous continuons à être vos objets d'observation, quand est-ce que les agents vont changer ? Connaissez-vous les Africains qui sont déjà allés observer les Occidentaux dans le cadre d'une recherche anthropologique, particulièrement dans votre pays les Etats-Unis ? Il y a quelques années de cela, quelques Africains très courageux, anthropologues formés en France, avaient décidé de comparer la sorcellerie malienne à celle de la Bretagne. Quel scandale que ces Maliens avaient suscité en France ! Certes, nous remplissons vos universités pour y étudier et maintenant, avec les crises économiques et politiques qui envahissent nos pays, nous y restons pour y travailler. Moi, Nafi, je suis revenue dans ce village car je n'en pouvais plus de vivre chez vous. Ici, nous sommes tranquilles avec nos problèmes quotidiens.

Nafi sait parler aux autres, elle maintient un sourire léger autour de ses lèvres. Nafi n'est pas agressive comme Sula. Nafi continue à parler et nous l'écoutons tous.

- Je pense que je connais votre pays car j'y ai habité pendant longtemps. Joli cercle vicieux, à tous les niveaux, nous figurons dans tous les domaines avec les titres, les étiquettes que vous choisissez de nous assigner. Inutile de demander notre avis, on n'en a pas et on n'en aura jamais, telle demeure notre condition. N'est-ce pas qu'il faut libérer l'humanité ? Nafi lève les deux bras vers le ciel et sans lever le ton, elle continue à articuler ces quelques réflexions embarrassantes : *Fulani,* encore un effort pour saturer les registres des occidentaux. La violence est un sujet de tous les jours. Ceux qui en souffrent peuvent en parler. Mais qui les écoute ? Voilà les moments où la répétition devient ainsi le suspense de l'histoire.

Certes, on dénonce, mais le respect des croyances des uns et des autres compte aussi. On peut aisément ressortir les topos du discours sur la culture sans aucun problème, mais aucun intérêt, les clichés sont toujours là quand il faut. L'oppression des femmes est sûrement l'un des sujets déterminants pour vous autres soi-disant femmes libérées de l'occident. Vous avez inscrit dans une charte bien sacrée les droits des hommes et leurs libertés. Sur le même vol d'idée, vous les respectez et donc il faut les propager et défendre ceux qui en sont privés. Mais ce que vous refusez de comprendre ou alors vous le comprenez très bien, dans toute l'ironie de cette fable, les femmes *Fulani* restent ce qu'elles sont, leur mutisme désespéré ne participe que dans vos symboles flous qui vous étouffent et trahissent votre culpabilité. Dans leurs inconsciences, elles se battent comme bon leur semble et c'est tout. Puisque c'est vous qui avez encore le droit de parole même chez nous, alors vive la dépendance ! Nous jouons nos cartes selon vos désirs, pas de problème.

Malgré le fait qu'il faut absolument m'infiltrer dans ce boui-boui, Nafi et Sula n'arrêtent pas de parler.

Sans changer de ton, Nafi se tourne vers Kate et lui dit : « Bien, nous travaillerons ensemble à partir de ce moment, nous ne vous lâcherons plus ». Nafi rajoute cette réflexion qui m'échappe complètement : « Et de toutes les façons, il est évident qu'avec la perte enregistrée, le retrait dans un narcissisme profond devient la seule ressource intérieure. L'investissement de ma libido est Ada, et maintenant la recherche de cette Affi ».

Sula et Nafi se retirent pour se consulter.

Et Ada, elle, replongée dans ses réflexions, essaye de faire le point sur le contexte de la situation.

Que le bruit des tam-tams réveille les ancêtres, car plus rien n'arrêtera Ada dans son entreprise. Il ne lui reste que son cœur qui bat très fort et son silence de toujours. Sula et Nafi, main dans la main, reviennent les retrouver. L'énergie qui se dégage de ces deux femmes suffit pour soulever des montagnes. Elles n'ont peur de rien, elles sont dans la vie même. C'est vraiment admirable de les observer. Elles prennent chacune la parole à leur tour comme dans une église avec des tons d'apothéose.

Cette fois-ci c'est Sula qui parle à ce jeune couple d'anthropologues. « Vous allez introduire Ada dans le boui-boui Garba en la présentant comme votre assistante. Après tout, vous avez bien compris l'intégration des races et, politiquement, votre discours est à la mode, impossible de le masquer, la brèche est touchée. Certes les États-Unis, un pays qui se dit et se veut démocratique, défenseur des droits de l'homme, n'a pas encore résolu la question de survie de certaines races. Le hiatus pend sur toutes les portes de la liberté et toutes les autres contradictions qui découlent de ces grandes idées. Si seulement les Noirs, tout en dansant et chantant comme ils le font, pouvaient aussi tendre l'oreille afin d'écouter la cruauté de leur existence que ceux qui sont révoltés chantent avec tant de résignation et de grandeur, peut-être qu'ils se révolteraient aussi à leur tour.

Malgré la violence que le rythme de la musique rap inflige à l'oreille, il n'empêche que certaines de ces chansons sont réfléchies. Je pense précisément au chanteur rap de Los Angeles, *Ice T - The Iceberg,* qui chante avec tant de haine et de révolte la cause des Noirs aux États-Unis.

Sula continue son bavardage qui oscille entre le retrait et l'affirmation de ses idées. En bref, elle exhibe toutes ses connaissances avec élégance. Sula se tourne vers Steve et lui demande s'il aime Ice-T le rappeur. Steve, un peu intimidé, répond timidement par un non à peine audible. « Ce n'est pas grave », dit Sula qui continue ses explications compliquées sur la culture populaire américaine. D'une parole vibrante, elle reprend, alors, comme je disais tout à l'heure :

- Ice-T nous rappelle sans doute comment « cette forme de capitalisme qu'on inculque aux jeunes dans les rues aujourd'hui - cette mentalité que la fin justifie les moyens - n'est pas en train de se produire et ne se reproduira jamais. Alors dormons tranquillement. » Elle est tout à fait élémentaire cette idée, bien qu'elle soit pertinente et à propos. Certes cette super puissance et son intégrité internationale sont problématiques. Mais qui ose vraiment les attaquer avec fermeté, puisqu'elle dirige le monde. L'exemple de la guerre du Golfe ne peut que nous donner des frissons. Son déclin enrobé dans l'idéologie du rêve américain se vit dans l'imaginaire comme le reste de la vie quotidienne. Cette nation, aussi développée qu'elle soit, garde les Noirs sous son emprise, leur prend la seule chose valable, « the mind » comme le dit bien Ice-T dans ses chansons, la petite arme qui n'est en fait que ma conscience, mon intelligence.

***

« Le détour vers la simplicité traduit notre humeur du moment. Même si tout le système nous ensorcelle dans le stade d'in-définition et nous conserve dans celui de l'illusion complète, il n'empêche que vous ne toucherez jamais à mon intelligence, soit mon pouvoir, ma bombe atomique. Vos écrans montrent toujours les Noirs dans leurs pires moments. Le Noir est drogué, meurtrier, violeur ; et quant à la Noire, elle est prostituée sidatique, bonniche perdue dans une grande salle à manger d'un riche qui, séduit par sa beauté et son exotisme, n'hésite pas à caresser ses fesses dès que l'occasion s'offre à lui. De toutes les manières, elle peut être renvoyée quand le patron ne s'intéresse plus à la rondeur de ses fesses. Elle a son abonnement à l'aide sociale, sans compter ses quatre gosses traînant dans ses jupons, la morve au nez. Mais en même temps, les écrans insistent sur l'autre versant de la problématique : en effet, il y a des Noirs qui ont l'illusion d'être insérés dans une hiérarchie rigoureuse où se confond la petite bourgeoisie ou ce qu'on appelle couramment de nos jours les nouveaux riches. Comme ce général Colin L. Powell qui, pendant la guerre du Golfe, a fait sensation à travers le monde : on l'admire, ce bel homme Noir vêtu de son uniforme militaire où sont accrochées toutes sortes de médailles insignifiantes pour nous autres, mais couvert de tant d'honneurs à ses propres yeux. Ce qui est bien dans le pays de Bill, bien sûr Bill Clinton, c'est qu'il est impossible de se mettre hors des réalités sociales. C'est le seul président au monde qui se fait appeler Bill. Les journalistes enfoncent le clou à chaque occasion que Powell lui-même commence à croire à son état de génie construit par les médias. Il est Noir et a réussi dans cette société blanche à être à la tête de l'armée d'une grande puissance, quel exploit ! Impossible beauté, impossible malheur, même ses aïeux dans les îles en seraient impressionnés. Nous voilà au cœur des problèmes humains, tout ce qui n'est pas contradictoire est faux.

Ils ont certainement raison de l'appeler « *Oreo Cookie* » parce que ce petit gâteau sec a une couche de vanille blanche à l'intérieur et, à l'extérieur, il est noir comme du charbon, entre autres, ils sont très bons ces petits gâteaux secs ; une fois dans la bouche, la combinaison du noir et du blanc, tout ce mélange se fond sur la palette, doucement, en y laissant le goût de l'amer et du sucré, impossible à décrire. Il faut les goûter soi-même pour faire cette expérience indescriptible. En d'autres termes, il n'a que la peau de noire, car il pense et réfléchit comme une personne, un blanc. Citons pour mémoire et dans le désordre ces quelques noms qui nous sonnent dans les oreilles avec violence et certainement avec une douceur qui nous jette dans l'absence et l'oubli de toutes ces misères humaines qui traînent dans les rues de New York : *Eddie Murphy, Spike Lee, Oprah Winifrey, Denzel Washington, Miles Davis,* et, ma préférée, *Whoopi Goldberg,* aux yeux toujours criant la gaieté de vivre, et bien sûr tous les autres, la liste serait assez longue en cette fin de siècle. Il n'en est pas un parmi eux qui n'ait de temps en temps la mauvaise conscience de sa position dans toute cette illusion de la réussite. Sans doute, la liste des noms sur le registre des *"The one who made it"* est assez phénoménale, me soufflera-t-on dans mes oreilles bouchées par le manque d'hygiène quotidienne. Mais ceci après combien de temps, devrais-je dire après combien de siècles. Certainement pas une question d'espace et de temps. Or les significations profondes de l'entrée claudicante de ces Noirs dans la culture peuvent nous induire en erreur dans notre façon de penser, car la liste des entrées s'accroît à une vitesse qui nous échappe, au même rythme que la fumée d'une cigarette qui se fume à la sauvette dans le froid des hivers impossibles pour le corps humain ». Sula a vidé son sac de douleur sur ce couple. On dirait qu'elle les attendait pour se défouler.

***

Le rôle de bonniche noire américaine qu'Ada va assumer montre tout simplement comment en effet fonctionnent les structures hiérarchiques sociales. La complexité d'être double et de jouer le jeu authentique des rapports entre dominant et dominé permet de reproduire le simulacre.

On reconnaît les sons de cette musique. Rien d'original. Sula s'exprime maintenant avec beaucoup de tristesse. Elle s'affirme dans un monologue. Ada, la pauvre, écoute tout le monde sans rien dire, seules ses réflexions internes la réconfortent. Il faut tout faire pour s'assurer qu'Affi vit toujours et lui donner l'espoir que Siliki a posé sur les lèvres d'Ada. Se déguiser en Noire Américaine, tâche bien difficile mais à la fois facile pour Sula et Nafi.

Elles connaissent bien la culture américaine et vont aider Ada à s'en sortir. Sula parle toujours alors que Nafi sourit. Steve et Kate ont l'air inquiets et dégagent une mauvaise énergie.

Plus les filles parlent plus la tension couvre l'atmosphère et plus le mystère de la situation s'installe. Juste au moment où je crois que nous allons finalement nous séparer, Sula prend doucement la main de Kate pour sentir la chaleur de sa peau qui transpire. Elle parle toujours et toujours. Sula ne lâche point sa proie, pire que la dame de fer, mais le bavardage est l'orée du désespoir. Mais tout d'un coup le ton de la voix de Sula s'adoucit un peu comme une enfant qui veut dire quelque chose à sa mère. Sa voix s'entoure d'une nappe de tristesse, de cette tristesse contagieuse. Sula continue à parler, mais avec tant de lenteur qu'elle captive l'attention de tous. Ses yeux dégagent aussi une certaine tristesse que ses paroles articulent.

« Il suffit de bien jongler ses cartes, ce qui est dedans reste et ce qui est dehors rentre, à la seule condition de correspondre au glissement des exceptions. C'est bien en Amérique que l'on change de peau si on possède des billets verts, que l'on dessine son corps suivant le marché en question. *Vive Jacquot ! Bonjour Jacquot, tu me manques, depuis que je suis en Afrique, je ne te vois plus car je n'ai pas de télé* ! Et le choix des produits chimiques pour défriser les cheveux est illimité, afin de ressembler et reproduire la norme de la beauté déterminée par le standard classique de la femme blanche. Pourquoi se défriser les cheveux? Questionner sans cesse, c'est peut-être aussi partager toute cette folie moderne, puisqu'elle nous trouble tant. La métaphore du corps ne reste qu'un détail. Il est clair que tout ceci me gonfle sacrément, je veux tout simplement retrouver Affi, histoire d'aider Ada, solidarité, fraternité, liberté, amour… ».

Sula parle maintenant sans s'énerver. Nous l'écoutons sans l'interrompre. Nafi et le jeune couple comprennent à peine toutes les références présentes dans son discours. Quant à Ada, elle est loin de rentrer dans tout ce discours, car aucune de ces références n'a de signification pour elle. Tout ce théâtre lui reste inconnu !

***

« Le déguisement physique ne débouche sur aucune conséquence réelle, le masque doit toujours être porté. En somme, ces villageois sont incapables de saisir les subtilités de la pensée et de la réflexion en cours. Or, ce n'est pas évident de démontrer la profondeur des questions en jeu dans notre monde d'aujourd'hui, alors à quoi bon ! » se lamente Sula d'un coup sec. Pendant ce temps de réflexion rapide, l'identité d'Ada résiste à ce flux et reflux d'idées qu'impose la norme d'une culture comme la culture américaine dont parlent Sula et Nafi.

Ces anthropologues qui franchement n'intéressent absolument personne se concertent sur l'authenticité de leurs idées et la valeur morale de leur culture. Vivre pour quelque chose qui va plus loin que la morale est certainement leur but. Kate et Steve n'ont pas prévu ce chapitre dans leurs recherches en Afrique. Ils savent qu'il faut s'attendre à tout, mais ces deux femmes les ont complètement assaillis. La surprise de la vie est incroyable. Pendant que Kate et Steve parlent de leur désarroi, Ada aussi s'enfonce dans les pensées intimes qui l'envahissent peu à peu. Elle ressent toutes sortes d'émotions. Elle pense sans cesse à Affi et à Siliki, c'était l'occupation du présent ; toujours dans ses pensées, ces deux femmes lui apparaissent sous un jour bien différent. Elles s'interchangent dans son esprit : l'une apparaît clairement sur le fond bleuâtre de ses souvenirs, l'autre apparaît comme une ombre dont elle n'arrive absolument pas à distinguer les formes. Ada se souvient avec précision du regard poignant qui illumine le visage triste d'Affi. Elle se rappelle aussi son long cou, ses belles lèvres charnues où se dessine le doux baiser, et d'autres détails qui lui sont assez pénibles à évoquer.

Quelqu'un lui effleura l'épaule, c'était Kate, la femme de l'anthropologue. « Nous avons décidé de vous aider, nous nous déchargeons de toute responsabilité en cas de danger, et pour cela, nous devons vous faire signer ce document ».

Sula, qui a suivi la scène, sautille sur ses jambes et empoigne le bout de papier que Kate tient dans ses mains. Sula reprend la parole. Cette fois avec tant de colère que sa voix tremble presque, on a l'impression qu'elle va étouffer d'un moment à l'autre. « Toujours du côté du pouvoir, je connais bien la chanson. Comment pouvez-vous rester insensible à ce qui arrive à l'humanité ? Les occidentaux, hyper-industrialisés, fonctionnent à l'égard du reste de l'humanité, non pas comme des surhommes qui auraient évacué le mode sauvage et primitif de représentation du pouvoir ou d'accès au lieu du pouvoir. Prétendre une humanité différente des groupes humains soi-disant sous-développés qui sont l'objet de la pitié industrialisée, me jette désespérément dans l'abîme ». Et Sula se mit à pleurer doucement. Nafi et moi éclatons de rire, un de ces fous rire nerveux, tellement Sula se laisse emporter par des émotions comme une enfant perdue dans le désir de retrouver sa mère. Après tout ce défoulement verbal, Sula, maintenant immobilisée par le désespoir, doit quand même signer un document. Nafi sourit, mais d'un sourire narquois cette fois-ci, car elle aussi ressent la même douleur que Sula. Nafi, prise d'une grande colère, ne peut pas croire qu'il faut encore qu'on accepte en silence notre sort de toujours. « Quelle horreur ! Que vous êtes puants, aussi puants que toutes vos idées ! »

Sula et Nafi hurlent leur colère. Ada, elle, saigne à l'intérieur. Toutes les blessures saignent à nouveau car cette scène a définitivement enfoncé toutes les lames du monde. Nafi reprend un peu de son calme et se met à parler doucement comme si elle chuchotait dans l'oreille de quelqu'un.

« Je refuse de croire que vous êtes mes ennemis car pour moi, l'ennemi c'est l'ensemble de tous les mécanismes qui abaissent autrui. Incroyable ! Rien n'est sorti de toute cette matière grise que nous venions d'user avec tant d'acharnement à vous expliquer notre manière de concevoir le monde. Même avec l'élégance de notre savoir, nous n'y sommes pas arrivées, encore une fois nous avons tout simplement prêché dans le désert ». Nafi fixe droit les yeux de Kate et lui explique : « Non, non, vous n'aurez aucune signature. Ada ne signera rien du tout et elle se collera à vous quand même, il n'y aura pas de pépin, je vous le garantis, moi Nafi, la fille qui jure sur les ancêtres *Fulani* ».

Kate, pas rassurée, appelle son mari afin de négocier cette situation avec les filles. Dès qu'il s'approcha d'Ada et des filles, Nafi lui arracha la copie du document des mains et la déchira en mille morceaux, voilà. Satisfaits.

Nafi, tout en parlant, fit le geste pour demander à ce couple d'écouter. « Ouvrez donc vos oreilles aux voix étouffées dans votre représentation du monde. Il n'y a plus de document et n'en parlons plus ». Elle explique à Steve tout de suite qu'il est absolument inutile d'insister sur les responsabilités légales et autres conneries du même genre car nous n'avons aucune intention de signer quoi que ce soit et que de toute façon, ils n'ont pas de choix que d'accepter qu'Ada soit, soit leur assistante, soit leur bonne qui voyage avec eux.

Sula et Nafi perdent assez de temps dans les grandes négociations inutiles. Elles ne demandent pas l'impossible, elles veulent simplement infiltrer Ada dans le boui-boui. Eux, ils ont la possibilité de passer du temps à observer les filles enfermées et éventuellement s'approcher d'elles, leur parler, les toucher s'il le faut.

Surpris par les élans autoritaires et imposants de Sula et de Nafi, Steve et Kate restent muets pendant quelques instants. Le choc était là. Ils ne peuvent pas croire ce qui leur arrive dans ce village *Fulani.* Retrouver deux femmes qui avaient vécu dans leur pays et qui maintenant les envahissent avec toutes sortes d'idées reçues sur les États-Unis reste à peine incroyable. Non seulement il fait tellement chaud que les mouches commencent à infester les lieux, mais il y a trop de gens à la gare.

Finalement, Kate et Steve invitent Sula, Nafi et Ada à leur hôtel pour la soirée. Ravies de cette décision, Nafi, Sula et Ada les suivent en chantonnant une mélodie bien triste, mais belle.

Sula rayonne de joie et explique à Ada qu'elles viennent d'accomplir quelque chose de plus pour leur histoire de femmes oubliées dans ce village. Malgré leur agressivité, elles restent efficaces. Elles contribuent à la cause de la femme. Sula et Nafi ont le regard heureux, mais un fond mélancolique s'en dégage. Kate, qui, marche à côté d'elles remarque cet air de tristesse. Des journées entières passent sans aucune négociation. Sula et Nafi me laissent avec Kate et Steve après moult recommandations.

Ada reste seule, toute triste sans la compagnie des autres.

Sula et Nafi sont des femmes superbes. Elles me touchent profondément toutes les deux, chacune à sa manière. Ada s'installe avec Kate et Steve dans leur hôtel pour quelques jours et, finalement, Ada leur demande de prendre un rendez-vous précis pour commencer les recherches au boui-boui. Ils n'ont pas l'air pressés, ils prennent tout leur temps pour faire de grandes balades dans le village, pour lire, pour se baigner, toutes ces activités qui soi-disant enrichissent l'esprit n'ont apparemment pas d'espace pour le moment dans la vie d'Ada. Son esprit est encombré par les méandres de la vie de femme dans ces villages lointains. Elle perd franchement patience avec eux. Elle se sent prisonnière encore une fois comme dans la cour de son Baba. Rien ne semble changer dans sa vie. Quelquefois, Ada a ce sentiment d'être leur esclave. Il faut rester enfermée à l'hôtel pendant qu'ils lisent, se baigner quand ils se baignent, bref, quelle violence Ada se fait pour ne pas s'enflammer pendant toutes ces activités qu'elle pense oisives. Mais il ne faut pas s'égarer dans le désespoir, il faut connaître tout le processus de l'enfermement et de sa finalité. Pendant que les jours passent, Ada pense à Affi : peut-être est-elle déjà chez son mari? Et si c'était le cas, alors comment faire pour trouver sa demeure?

***

Le calme règne dans ce village comme d'habitude. Sous les grands arbres, on trouve des nattes allongées par rangées de quatre ou six, occupées par des familles entières, épuisées par le travail des champs et la chaleur. De temps en temps, un fond de musique traditionnelle les berce gentiment dans leur léger sommeil de l'après-midi. En fin d'après-midi, les couleurs brillantes de la nature s'annoncent dans un mélange clair et teinté sur la toile du ciel, entre le soleil couchant et la lune montant lentement à l'horizon. L'obscurité de la nuit fait peur, et ceci avec raison, car on ne peut s'empêcher d'imaginer qu'elle couvre des meurtres et d'autres choses louches qu'on ne pratique que dans les profondeurs de l'obscurité. Deux semaines se sont déjà écoulées depuis l'arrivée de Steve et de Kate dans le village. On imagine juste un petit moment la joie qu'éprouve Ada, quand ils lui demandent de les accompagner prendre le rendez-vous pour la première visite au boui-boui Garba. Maintenant, il faut passer en revue tous les préparatifs. Mais Ada est tellement excitée à l'idée d'avoir finalement Affi en face d'elle qu'elle panique un peu. Sûrement qu'elle oubliera les détails importants, du style, se taire et laisser intervenir Steve et Kate. L'action du jour, bien se déguiser en fonction de cette première occasion. Calme, calme, maîtrise de soi, Ada se chuchote des paroles au fond de son cœur qui semble retrouver la joie. Elle fonce dans sa chambre pour commencer le déguisement. Il faut y être avant la tombée de la nuit. Ada trace les derniers détails tout en prenant le temps de se préparer moralement et physiquement. Impossible de faire un saut chez Sula et Nafi.

Arrivée dans sa chambre, elle s'écroule sur le lit en larmes au point où les sanglots l'étouffent comme dans le passé. Elle revoit tous les événements survenus dans sa vie au cours de ces dernières années. Quelqu'un frappe à sa porte avec tant de violence qu'elle sursaute hors du lit comme si elle sortait d'un cauchemar. Kate veut tout simplement s'assurer qu'Ada se prépare. Dehors il fait une chaleur assommante comme tous les débuts d'après-midi, si bien que dès qu'on se trouve allongé sur un lit, le sommeil vous emporte aisément.

« Nous partons dans un quart d'heure si tu veux bien ». Ada lave rapidement son visage huileux et endormi, brosse ses cheveux en arrière et enfile la casquette bien américaine, où est inscrit « Game Boy », que Steve lui avait offerte un jour qu'ils se promenaient sous le soleil brûlant. Lentement, tout en sifflant, elle se maquille, s'embrouille un peu mais réussit quand même à se maquiller finement avec des couleurs bien vives. Tout en gardant une certaine simplicité, elle réussit à sortir de l'ordinaire. Elle met une jupe simple avec un tee-shirt bien moulant où ressort la forme de la rondeur de ses gros seins. Aux pieds, elle a une paire de tennis blanches assorties aux chaussettes blanches avec un motif bizarre, cadeau offert par Kate. Ada était fringuée comme une Américaine, une "african-american" sortie droit de Harlem. Steve et Kate habillés en short et tee-shirt assortis aux tennis pourries avec des chaussettes blanches, d'une blancheur impeccable, ressemblent aux Américains qu'on retrouve dans chaque rue ou boulevard des États-Unis.

Un guide les attend juste à la sortie de l'hôtel. C'est le milieu de l'après-midi et le village reprend le rythme d'un village habité par des âmes. Les enfants chahutent dans tous les coins. Dès qu'ils nous voient passer, ils s'arrêtent et nous regardent jusqu'à ce qu'on disparaisse de leurs yeux. Certains nous suivent, alors le guide se retourne et tapote dans ses mains en disant quelque chose d'inaudible. Au loin, on peut observer le derrière des femmes courbées au travail. Nous marchons sous la sérénité du village. Le cœur d'Ada bat très fort, mais elle ne tremble pas car elle avance la paix dans l'âme. Elle reconnaît le boui-boui au loin. À présent, elle peut apprécier la beauté de l'endroit. Le boui-boui Garba est entouré de grandes fougères et d'autres grands arbres fleuris. Le gazon de l'entrée bien coupé donne l'impression d'entrer dans la propriété d'un dignitaire. L'une des gardiennes nous accueille avec un grand sourire accompagné des bienvenus interminables. Mises à l'arrière, Kate et Ada écoutent Bill expliquer à la gardienne que nous avons l'intention de commencer les observations. Ada annonce bien *nous* car elle pense avoir réussi les premières démarches de son infiltration dans le boui-boui Garba.

Pendant que Bill s'entretient avec la gardienne, sa mémoire, elle s'adonne à toutes sortes de reconstitutions imaginaires. Vaille que vaille, elle découvrira ce qui se cache dans ce boui-boui. Elle est si agitée par sa victoire que son imagination fleurit dans cette nuit si tendre où s'étouffe son cri d'espoir. Ada imagine qu'elle se transforme en un gros rat noir qui chatouille les petits doigts des pieds d'Affi. Et si seulement elle pouvait être une puce, elle s'enfilerait dans son aisselle gauche et elle lui ferait de petits suçons, juste pour réveiller ses sens endormis. Elle ferait l'impossible pour trouver ce joli Kalima, papillon coloré de Java qui se pose juste sur son nez, laissant une mince pincée du pollen des roses. Bill prend le premier rendez-vous dans les deux jours qui suivent. Pour en être sûre, Ada se le répète dans sa tête, c'est-à-dire deux jours après la journée d'aujourd'hui. En partant, nous serrons la main de la gardienne en nous présentant, chacun à notre tour comme dans les grandes cérémonies de décoration pour un mérite quelconque. Elle est froide, sûrement endurcie par ce travail inhumain qu'elle exerce depuis si longtemps.

Bill et Kate partent tôt le lendemain matin pour visiter le village voisin qui se trouve derrière les collines. Dans ce village, les femmes sont complètement nues, elles ne portent même pas de cache-sexe, les hommes ne leur permettent pas de s'habiller : les vêtements, pensent-ils, sont des signes de supériorité, les femmes doivent laisser ce privilège aux hommes. Ce qui attire les gens dans ce village, c'est de voir les femmes nues et satisfaire leurs fantasmes, mais aussi tout simplement le plaisir de se rincer l'œil à la beauté. Il paraît que le torse nu de ces femmes est souvent recouvert de tatouages, ceux-ci sont variés à l'infini et dénotent par l'harmonie de leurs lignes d'un certain sens artistique. On peut les comparer parfois à de jolies dentelles noires que les vieilles dames brodent à longueur de journées. On peut même penser à un travail de cuir dont la finesse de la surface glisse au toucher de la main. On ose à peine imaginer le ridicule que dégage le regard des gens comme Kate et Bill dans ce village.

***

Ada reste seule cette journée à imaginer toutes sortes de possibilités pour faire sortir Affi de ce boui-boui. Elle retourne aux alentours du boui-boui pour étudier les lieux. Pendant qu'elle traîne là-bas, elle découvre le marigot où les filles font leur toilette à la tombée de la nuit. Voir le visage d'une personne la nuit sans l'aide de la lumière est impossible. Ça n'intéresse pas Ada d'admirer les silhouettes des filles, alors, sans aucun doute, elle exclut cette possibilité de ses projets. Ada flâne assez longtemps autour de ce boui-boui au point d'en être dégoûtée. D'un pas très mou, elle rentre à l'hôtel où elle laisse couler l'eau froide sur sa tête en réfléchissant à tous ces événements. Impossible de manger de la journée, de toute façon, elle n'a pas faim. Comme ce petit oiseau, elle rentre dans son nid de solitude, la tête vide de toute réminiscence, de toute errance sauvage, elle s'allonge et dort sûrement d'un profond sommeil. Car le lendemain en plein milieu de l'après-midi, au loin un tohu-bohu insupportable, la chaleur menace. C'est un des moments de la journée le plus chaud, la chaleur frappe avec violence. Elle entend au loin des voix et des bruits qui la sortent finalement de son sommeil. Au milieu des cris, des pleurs, une sorte de panique prend la place du calme habituel dans le village. D'un bond, elle saute de son lit, s'enroule dans un un pagne qui traîne par là et sort de la chambre d'un bond. Les gens hurlent tous à la fois, elle n'arrive pas à distinguer clairement ce qui se dit dans ce chaos. Désespérée par tout ce brouhaha de voix, avec une arrogance superbe qui surprend dans l'immédiat, elle s'agrippe à une dame et lui crie dans les oreilles : « Que se passe-t-il ?

- Hé ! Tu n'es pas au courant ?

- Non ! Quoi...

- Le boui-boui Garba est en train de brûler. Il paraît même que certaines filles sont en train de périr dans le feu.

Sans écouter la fin de son récit, elle sautille de-ci de-là comme une sauterelle. Sans chaussures, seins nus, elle accroche bien son pagne autour des reins et, dans un bel élan, se met à courir sur le sentier pour retrouver le boui-boui. Elle sent la chaleur brûler sous ses pieds mais ne peut s'arrêter, car tout le sentier s'est réchauffé sous la chaleur torride. Mais le vent du malheur la pousse car elle se sent légère, malgré l'énorme difficulté qu'elle a à courir sans soutien-gorge, étant donné l'encombrante poitrine que son petit corps supporte mal.

Un tohu-bohu de cris et de voix furieuses s'élève au fur et à mesure qu'elle s'approche de la foule. La confusion de cris et de hurlements stridents, d'appels et d'adjurations, devient cacophonie. Tout ce bruit la replonge dans le même cauchemar qui constitue le drame de sa vie. En un court instant, tout est fini. Plus de boui-boui, la fumée étouffe la foule de personnes qui s'y trouve.

Dès que Bill et Kate voient Ada, ils se tournent vers elle. Ada pleure, les larmes couvrent son visage. Kate parle doucement : « Sorry Ada ». Ses yeux si bleus parmi les autres yeux troublent un instant Ada. Déconcertée, elle jette son regard ailleurs. Elle voit au loin flotter dans la fumée un bout de natte brodée qui appartient à Affi. Ici et là dans les cendres s'envolent des morceaux de papiers. Ada en ramasse quelques-uns, on ne sait jamais, elle peut trouver des morceaux du journal intime d'Affi qui lui révéleraient l'histoire de sa mère Siliki. Plus que jamais, elle sent la tendresse et la bonté de Siliki dans son désarroi de non-retour. Elle pense en bougeant, tout en essayant de rattraper des bouts de papiers qui s'envolent. Le mouvement de sa pensée suit celui de son corps, lorsque tout d'un coup son pied droit heurte un bout de caillou encore bien chaud. Sous ce caillou se trouve un petit carnet qu'elle enfile sous son aisselle. Il est encore tiède et couvert de cendres. Ada s'attache à cet objet comme un enfant s'agrippe à la jupe de sa mère. Ada a quelques frissons. Elle se retire de cet endroit maudit. Se dirige vers le marigot où elle cherche un refuge pour savourer ce journal. Le marigot lui rappelle ce fameux marigot de Siliki dans le pays *Mafa*. Maintenant, elle se dirige vers le marigot du pays *Fulani* où se lavait Affi tantôt à l'aube, tantôt tard le soir. L'atmosphère est si sereine en cette fin d'après-midi qu'elle reste tranquille à regarder dans le vide. Un petit vent léger souffle et on entend le bruit des feuilles que le vent balance dans tous les sens. Le cœur serré, Ada avance tout doucement dans le néant où tous ses souvenirs s'emmêlent et s'embrouillent, seule l'image de Siliki paraît nette dans son imagination. La présence de la puissance de cette image réveille en Ada des vapeurs de tendresse. Elle trouve un rocher où elle s'installe pour lire ce carnet qui, à sa grande surprise, avait appartenu à Affi. Les détails de l'incendie et le reste ne l'intéressent plus car une porte vient de se fermer en laissant le son d'un grand bruit dans sa tête et ce tintamarre qu'elle sera la seule à comprendre raisonnera dans l'ombre. C'est la clôture et pour toujours.

Le grand plaisir d'Ada, s'il y en a un, c'est de brouiller les pistes à toute personne qui veut rentrer dans sa vie. Comme un poisson volant, pris dans le flot des vagues folles, elle ressort souvent à des endroits où l'on ne s'attend pas à sa présence. Ses deux frères, qui l'avaient accompagnée la première fois qu'elle avait décidé de rechercher le boui-boui Garba, ne sauront jamais qu'elle y est retournée seule. Comme si c'était hier, elle repense à la réaction de son frère, qui voyant Siliki allongée par terre, s'était retiré d'un saut à l'approche de ses haillons qui, comme d'habitude, dégageaient une odeur nauséabonde qui saisissait à la gorge. Mon frère, hormis ces odeurs qui marquent l'odorat à jamais, ne saura pas non plus que Siliki avait une fille et que c'est pour cette fille qu'elle se retrouve encore une fois dans ce village. Risquer sa propre vie pour la femme qu'elle aime n'est qu'une petite preuve d'amour. Ses frères aiment ses fantaisies, ils sont souvent prêts à s'élancer à l'assaut des cimes pour Ada.

Ouvrant le petit carnet encore couvert de cendres, sans en couper une ligne, sans omettre un mot, Ada lit le texte suivant, qui seul, à l'instant, parle à son imagination : *Elle fut jetée dans un puits de caïmans où ses deux jambes furent mangées... Quant à moi, vénérez toutes sortes de cendres qui s'envolent. Que c'est beau de quitter ce monde et de n'y laisser que des cendres ! Mes cendres s'envoleront vers des terres inconnues, emportées par le vent imprévisible.*

Le soleil se couche lentement pendant que la lune remonte des collines, tout cela sous son regard sinistre et son âme pensant combien seules les femmes savent la faire vivre, dans les ténèbres et les lumières ; seules, dans leurs vies si complexes et pleines, elles séduisent Ada. Et seules, dans leurs errances, assez fuyantes, elles savent la fixer dans leurs cœurs.

Ada se chuchote des paroles, cette fois sympathiques. Dans l'autre monde elle ne dira pas qu'elle a souffert car elle a reçu tellement d'amour de Siliki. Dans ce monde présent, seule l'absence de l'amour secoue l'âme et la jette dans les ténèbres.

630088 - Novembre 2015
Achevé d'imprimer par

1livre.com
du rêve à la réalité !